窃美记

韩松落——著

新 星 出 版 社　NEW STAR PRESS

自序：绿野心踪

下午四五点，出门，过条河，就到了野地里。

先是一片苜蓿地，苜蓿春天开花，夏天就是一片墨绿，偶然有一两点紫或白，地边上，春黄菊的小黄花还是开得一簇一簇的，从小黄花中间穿过去，就知道那深黄色的花粉一定是染在裤腿上了。

苜蓿地的尽头，一条宽敞的白土路横亘在那里，路边有片杏林，春天一片繁花，夏天一片青碧，秋天结满杏子，到了秋末，叶子变得火红。穿过杏树林子，眼前忽然就宽敞起来，什么也没有了，剩下的就全交给了碧绿的野地。一直到天边，也还是这碧绿的野地，远远地可以看见蹲低了身子、在绿色中务农的人，男人或者女人，老人或者少年。草地上，深黄色的是旋复花，蓝紫色的是马兰花，都有花粉，不把裤腿染上点颜色，简直不能走回家去。

那片绿的构成非常复杂，一片是小麦，又一片是大豆，也可能是一片

I

玉米，或者一片胡麻。一旦胡麻开花，这一整片绿里，就像团体操变色板，突然翻出一片蓝紫。这块蓝紫色板，要停留十来天，然后被一场雨换掉。也有可能是一片草地，一群白羊在草地上啃草，星星点点的白，让照相机总也对不了焦，照片上的羊，是一个一个白色的发光体，根本没有细节。

这样走上二十分钟左右，这片绿就到了尽头，一个小村子在山脚下，房子一簇一簇。一条路紧挨着村子，夸张地拐了几个弯，向着山里去了，那弯度，那消失的方式，像《卡里加里博士的小屋》里的路，有点疯疯癫癫。我加快步子，从小路上进了村子。

村子里有个小广场，夏天和秋天，常常有一群少年在那里打篮球，落日把他们照得通体金黄。我在那里向着六点钟方向走去，我家所在的那幢楼竖在那里，像旷野上的一只口琴，我的家，就是那"口琴"的某一格，我望望那个小格，竟然起了点暗暗的乡愁。

一年里，有那么五十天，我会有时间在这片绿野里走一走。哪怕这五十天，也经过了艰难的争取。我因此怨恨起我的入世，那是一条走上去就下不来的江湖路。走上去时得意，要脱身却困难，得经过长久的积蓄，无数次陈情，才能略略游离。甚至，得努力消耗自己，让自己无用，才能安心于绿野漫游。像张楚的歌："在回家的路上，面对我自己，我吃我的车，我吃我的马，我吃我的炮，我吃我的将。"走上绿野之前，得吃掉自己的车马将，吃掉一切貌似有用的技能。

收在书里的这些文章，就是绿野漫游的同时写下的，大部分曾经发表在《GQ》中文版上，四年时间，有四五十篇，还有一些，刊在《时尚先生》、《人物》、《南方都市报》和《新闻晨报》上。它们是我向这个世界伸出的触须，是我的加法。

绿野却是我的减法。绿野行走的五十天以及能望见绿野的三百天，将我身上那些过往生活淤积出的块状物滤掉了。绿野像海波一样在窗外起伏的晚上，我想起许多往事，某天的炫耀，某天的跋扈，某天的专断，某天的自以为得计。我承认那个我与此时的我，在物理上是同一个人，在心理上却是萼与花瓣的关系，沉重的萼一层层脱落，等待花瓣探头。

我因此对我的未来有了期望，我希望未来的年月，耗在绿野上的日子，是六十天，一百天，乃至三百天。一天一天，从绿走向绿，一点点减掉过于突兀庞大的自己，走向空寂与消失。

谢谢这些文章最初的编辑：王锋，潘西，赵小萌，潘爱娟，丁玎，汤灏，刘奕伶，徐词，邓雁，顾炜，赵立，杨智文。许多想法，来自于我们的共同讨论。

还有这本书的编辑：陈卓。谢谢你的接受，你的耐心和好声音。

窃美记

明灭记

色识记

凿光记

窃美记

声灵

听过龚琳娜演唱的人，老要用两个词说明自个的感受："热泪盈眶"和"鸡皮疙瘩"。她的作品，大可据此分类：《忐忑》（以及那个穿睡衣演唱的《梦中忐忑》）属于"鸡皮疙瘩"类；《相思染》、《静夜思》、《你在哪里》、《黄河船夫曲》是"热泪盈眶"类。当然，两种类别也常有交叉，《你在哪里》一开始，让人脊背为之一麻，接着听下去，却又深陷其中。她的现场，有点像 20 世纪 80 年代气功师的带功报告现场，她在台上唱到入魔，观众在台下卷入情绪的旋涡，一场演唱会，是一次情感的动员和洗劫。

这能量是她的演唱带来的——她真唱，她投入全部感情，声音、表情、眼神、身姿都达到一个演唱者所能达到的极致。她像地下某处一个气囊的气嘴，不断地往她所在的空间充气，让还没苗头的滋长，让已经露头的膨胀。这能量还来自她身后的创作者，她的丈夫、来自德国的音乐人老锣

（Robert Zollitsch）。他从 1993 年开始，就来中国的音乐学院学习民乐，却没沾染中国民乐的官气庙堂气，始终在找一个他要的发声者。这个发声者，过去是蒙古女歌手乌仁娜，他曾是她的丈夫，为她组建乐队、创作歌曲；后来是龚琳娜。2002 年，他和龚琳娜认识，2004 年，他们结婚，2006 年，他即兴创作出《忐忑》，2010 年，这首歌成为网络神曲。后面的事，我们都知道。

有人认为，她是故意的，是在谙熟传播学的高人指点下，以引起争议、激发戏仿的方式来引起注意。《忐忑》是她的自我牺牲，相当于芙蓉姐姐的 S 身段照、凤姐的前后 300 年言论，《相思染》才是她正常的一面。其实，龚琳娜的演唱和表情动作，都在向着巫的一面靠近，她要的不是节制的美感，而是可怕的感染力，为此她宁愿放弃所谓的体面。《忐忑》不是噱头和牺牲，和《相思染》一脉相承，都是巫的歌。

巫是艺术的老祖宗，歌也好，舞也罢，都曾是巫术的语言表达。龚琳娜接的是巫的衣钵，催眠观众之前先自我催眠，她凝聚全部愿望，意图引雷上身，她挤眉弄眼、失魂落魄，根本不怕观众非议她的抬头纹。《忐忑》唱的是梦境与惊魂，如夏树森林所说，是一个大卫·林奇式的饱和度过高的梦魇。她填词的《相思染》，看起来是情歌，其实是招魂歌，唱的是生生世世、沧桑大地、"天地转，日月换"、"天下一场血泪雨"。像上古的那些歌谣，即便唱的是爱情，也充满祈愿，动不动呼风唤雨、上天入地。

巫的传统后来没落了。文明意味着克制，而且是不断的克制，我们距离巫的精神——全情投入越来越远。英国心理学家菲利克斯·波斯特博士的困惑，因此有了答案。他曾按现代精神病理学的分析方法，对历史上的许多文艺名人进行分析，结果是，从瓦格纳、柴可夫斯基、普契尼，到凡·高、毕加索、陀思妥耶夫斯基、福克纳、海明威，都有精神疾病。而现代社会的文人艺术家中，精神不健康者却明显减少，波斯特的解释是，现在的人较为现实，不会为理想奋斗，因此也不大容易失常。

真相恐怕要从知识分子的来历里找。巫师是知识分子的原型，巫师除了主持巫术活动，也是文化的保存、传播和整理者。知识分子和艺术家的血管里，一度流淌着巫的血，全情投入是传统，失控、错乱是大概率事件。当巫的传统被阻断，全情投入不被提倡，他们自然得像多数现代人一样，日渐正常起来。

因此，我们可以理解，这些年受到读书界热捧的作家，为什么会是伊恩·麦克尤恩之类，而不是 D. H. 劳伦斯（或者福克纳）之类。因为劳伦斯是巫时代末尾的作家，他动辄被激情左右，容易歇斯底里，像个脸上红血丝过于发达的农夫；而麦克尤恩之类，是巫的精神被彻底驱逐后的作家，他是克制的、厌倦的、精致的、零碎的、雅致却寡淡的。现代知识分子，像培根画中被现代的大火烧过的人，身心残破，能达到的情感浓度，也就到此为止。

克制，以及对克制精神的欣赏、效仿，需要环境支撑——安稳的、平和的、再无新事的环境。中国的中产阶级已经获得了这种环境，他们能够与世界同步，欣赏一切体现克制精神的文艺产品，比如好莱坞电影，那种以白、亮、艳、洁为风格，乐于进行粗浅的人性展示，缺乏情感浓度和厚度的电影。更多的中国人所在之处却还是个生死场，分配给他们的一切，连形式上的精致都还不具备，是粗的、简陋的、凄惨离奇的，歌曲得做出网络歌曲的效果，才能在他们中间传播。断裂如此巨大，落差如此巨大。所以中国影人没法拍电影，小说家没法写小说，他们身处两难困境——你站谁的队？

　　龚琳娜就在这个时候出现，我们不知该如何评价她，因为她不在我们的评价体系里。在我们看来，她显得如此不合时宜、如此粗暴、如此滑稽，明明拥有克制的能力，却任由感情泛滥，我们不知她到底想站谁的队。我们没能看出，她是在向那个全情投入的人类童年靠近；也始终没有注意到，她和另外几位女歌手建立的民歌小组，叫"声灵"。

鹦鹉螺号

张曼玉经历过两次冒险，第一次是在 20 世纪 80 年代末，出演王家卫的电影。

在那之前，她已经演过好些电影，角色多半是很美很天真的女孩，按她后来的话说，给出的是"优柔寡断、冒冒失失的表演游戏"以及"那种'陪衬女孩'有点儿感伤、有点儿滑稽的形象"。这类形象，显然是从她当时的个人形象中延伸出来的。杨凡曾经因为电影《玫瑰的故事》、《流金岁月》和张曼玉合作。后来，他写过那时的她，用一种微微调侃的笔调。在杨凡看来，她不够松弛、缺少内容，钟楚红则自然、饱满，有很清晰的自我意识。亦舒则用努力邀请张曼玉主演《玫瑰的故事》来表示赞美，还说："我不管她会不会演戏，只要她走出来，我就要看。"今天看来，这种赞美，有点儿令人难堪。

保持这种形象是最安全的，有无数前例可援。香港这个大都市，会用尽一切方法，让她的形象滚雪球般壮大，她只需要提供一个不出意外的张曼玉，就可以坐享其成。而她却得到了一个危险的机遇，接受王家卫的点化。之所以有这样的机遇，是因为她入戏还不深。在王家卫看来，电视动不动要给演员特写，忽略了脸部以外的表演，而张曼玉"由于受电视的影响不深，比较自然"，他还发掘出她的特长：善于肢体表演。从那以后，"一切都已经改变了"（张曼玉语），香港新浪潮的几位导演把她带入另一个层面，让她逐渐远离了"香港女明星"这个评价体系。

另一次冒险，是在主演《清洁》并获戛纳电影节最佳女演员奖之后，她不再出演电影，重新开掘自己的生活。她拒绝的片约，是别的演员求之不得的，包括来自好莱坞的邀请。因为她在英国的求学生活，她在异地所遭受的排斥，让她"对自己的文化产生防卫意识"。更重要的是，她打算去尝试各种生活，这种生活，"比我演戏演到死更好"。

所以，当她签约摩登天空，以唱作型音乐人的身份亮相时，没有人认为此举是冒险。尽管音乐人并不拿她当真，调侃她的唱功，用她在"春晚"演唱的《花样年华》为例，说那"证明了她是真唱"，还称她是"史上唯一不会参加商演的歌手"，但没有人认为她是冒险。她已经历过两次冒险，有资格去玩耍、撒欢，或者什么也不做。换言之，她获得了自由。

自由……不论是谁，说出这两个字，会有犹豫，写下这两个字，会有轻微的战栗。最是肉身不自由，最是文人不自由，自由是一个刀锋般的词语。它如果一定要有个具体的形象作为承载，我能想到的，是儒勒·凡尔纳的《海底两万里》里的尼摩船长，和他的鹦鹉螺号潜艇。那艘潜艇坚固而且舒适，船上收藏着一万两千册图书，他驾驶着它在海中游弋，观看海底奇观，到处打捞海底宝藏，用来资助革命，遇到战舰，就迎上去撞沉。

拥有这样一种生活，似乎也不难，这要看你把什么当做鹦鹉螺号。在香港那样一个价值观保守的地方，有一种非常安全的方法，来帮助张曼玉们获得鹦鹉螺号：嫁豪门，就算不入豪门，至少也要嫁个男人，然后偶尔出来接个广告，客串个角色。这显然不是张曼玉的鹦鹉螺号，她是独狼式的尼摩船长。有人在北京公交上见过她，也有人在巴黎街头见她，她总是一个人。刘嘉玲和梁朝伟结婚，宾客名单上没有她，未必是怕尴尬，而是她那种独狼式的游弋，是他们安全生活之外的一个魅影。

甚至，做自己想做的事，也不是完全意义上的鹦鹉螺号。女明星里，何超仪算是最从心所欲的一个，赌王的女儿，却热衷于拍 Cult 片，演绎各种鲜血淋漓、离奇诡异。她跟记者说，这是因为大片已经有人拍了，她想从小成本做起。但我知道那是场面上的话，她那么说，是要用别人能理解的方式来表达。她拍那些电影，是因为她想拍。我还看过一次她的演出，在音乐节上，大屏幕放大了她细微的表情，可以看出，她其实不够放得开，有几次，气势已经不够了，她又续上去了。她的表情明明白白地写着：既然站上舞台，不能半路退场。那种不矫饰，很动人。

但我还是觉得，最接近我们对鹦鹉螺号定义的、更动人的，还是张曼玉唱摇滚这件事。

格非在谈到尼采和音乐的关系以及理性之外的那个危险、幽暗的地带时，用了塞壬作为象征："塞壬是恐怖与美丽的复合体。它显示出希望和诱惑，也预示着颠覆和毁灭的危险。由于塞壬的存在，水手和航海者永远处于两难的悖论中。面对歌声的诱惑，你当然可以选择回避，远远地绕开它以策安全，也可以无视风险的存在，勇敢地驶向它。据此，人的生活也被划分为两种基本类型：安全的生活和真实的生活。"

所谓自由，不只意味着扩张能力范围和控制环境，更意味着真实的生活。不只要活，还要生。就像前售货员张曼玉，为"生"所做的一切努力。

附录：张曼玉决定做减法

因为在影像作品《万层浪》里露了个面，张曼玉现身威尼斯电影节并接受了记者的采访。阔别影坛多年，骤然出现，还真是让人措手不及。

初看这个访谈，觉得张曼玉像一切曾经美丽过的人一样，在为自己的老去担忧——她说，自己正处在尴尬的年纪，已经演不了别人的女朋友，却也暂时演不了母亲。她希望自己在真正老去后，能像萧芳芳那样复出，但已经变身为另外一个演员。

对于一个从少女时期就接受我们打量和拥戴的女明星来说，老去多少有点儿尴尬。不老，或者不给人看到自己的衰老，是明星尤其女明星的大部分工作。比利·怀尔德的电影《日落大道》中的女明星斩钉截铁地说："明星是不会老的。"而在比利·怀尔德的另一部作品《费多拉》中，女明星为了延续自己容颜不老的神话，宁可唤来自己的私生女假扮自己。

但仔细琢磨起来，张曼玉不能接受的，似乎并不是衰老："我不觉得我演戏演得好又代表了什么。你说你很会煮饭、很会算账，这都是实打实的本事，可很会演戏算什么呢……到我死那天，别人说'她生是一个演员，死是一个演员'，我会不高兴。"她更在乎的，是能否从自己的前半生里退出，从那个众所周知的"张曼玉"里抽身而去，为此，她愿意有步骤地、有策略地抹去自己存在过的痕迹。

水木丁写过一篇让我反复细读的文章：《张爱玲为什么不自杀？》。她说，这个世界上有两种人、两种灵魂，一种是做加法的灵魂，要让别人看到自己，要和世界发生千丝万缕的关系；而另一种，是做减法的灵魂，他们希望自己和这个世界保持一种简淡的关系，希望自己不被觉察、不被打扰，安静地过完一生，因此永远在努力从自己和世界的关系中挣脱出来。张爱玲之所以不自杀，是因为她实现了一种"社会性的自杀"（借用东野圭吾的话），顺利地将自己的存在感抹掉，虽然活着，却已经成了别人心理上的古代人。

其实，这两种状态，完全可以在同一个人身上存在。人之所以做加法，常常是因为不得不做加法，做加法，为的是谋取做减法的资格。所以，许多人在人群中做加法，在独处时做减法，或者在前半生做加法，在后半生做减法。张曼玉正是如此，她逐步退隐，在自己和观众之间制造出了一种心理上的距离，将来，她还会用一种新的形象覆盖以前的形象，像现在的萧芳芳或者郑佩佩。

很久以前，我曾经疑惑过，那些曾经风光的明星最后去哪儿了。现在我知道了，一种下落是，因为衰老，即便还活跃在舞台上，却成了"看不见的人"；另一种下落是，成功地把自己减掉了。

当然，减法不是人人能做的，需要用前半生进行储备，贾宏声之所以自杀，原因之一是他已经到了应该做减法的时候，却还是不能减弱自己和世界的联系，甚至还要不断加重。这是敏感者最大的痛苦。

而现在的张曼玉，正在经历《毕加索的奇异旅程》那样的结尾——毕加索在墙上画了一扇门，拉开，外面是碧海蓝天。那是一个不需要我们知道的世界。

香水

　　但凡述及翁美玲生平，总要提到她的荷兰男友。1982 年，她与荷兰男友分手，于复活节期间返港，报名参加"香港小姐"选拔，获第八名，从此步入娱乐圈。近日，"荷兰男友"Rob Radboud 制作翁美玲纪念网站并接受采访。网站公布百余张翁美玲成名前的照片，照片上都是日常生活场景，不外旅行、打球、用餐、弹吉他。那时的翁美玲，还是一个憨直少女，与后来的明艳照人迥然不同，Rob Radboud 也说，翁美玲后来的录像片段和照片让他觉得异样，"她不是我认识的 Barbara"。和他有相同感触的，是小说《印度墨》中的男主人公，男人看见出现在电视上的前女友（影射李嘉欣），喃喃惊呼："那不是她。"那不是她，一旦成为香港小姐，她就再也不是她，她已经过萃取、整理，成为这个城市的香水。

　　——聚斯金德小说中的"香水"。气味天才让-巴蒂斯特·格雷诺耶出生在臭气熏天的巴黎，他谋杀少女，萃取她们的体味，制成终极香水，让围观行刑者进入酣醉状态。王小波的哥哥王小平对这部小说有精彩解读，他说，香水不只是香水，是所有气味的综合，是感情、感触，是记忆中印象的回声，或者说，就是一个时代的精魄。

香港小姐，就是香港这个城市萃取的香水之一。

20世纪60年代末，香港经济起飞，金融中心、航运中心、贸易中心地位日渐强化。香港人在与国语文化、上海往事周旋良久后，在充当上海镜像许久后，终于有信心确认自己的身份，成为"香港人"，粤语成为主流，粤语电影压倒国语电影。香港人像17世纪的巴黎人，开始大刀阔斧地塑造城市形象，他们欠缺一个路易十四那样的首领主持这一切，所有行动均出于自发，效果却十分惊人。各种神话、符号从角角落落出发，汇入"香港"这个大神话。美女，当仁不让地，成为这个神话最坚实的部分，她们的容貌、身材、服饰、妆容、礼仪，是城市的结晶，是城市的微缩景象，意味着控制感，意味着城市的整理、驯化、调教，那是和荒原上的苔丝完全不同的一种美，是压迫之下的美。

1946年到1973年间，"香港小姐"选拔只举行过寥寥十届，良家妇女如梁淑真、司马音等，还得化名参加。1973年，TVB入主"港姐"选拔，"香港小姐"气象一新。毕竟，仅仅培育出美女是不够的，仅仅把她们选出来也不够，还要有适当的手段，把这种经过整理的美扩散出去。当时当日，电视是最佳途径。仅仅一次扩散，也还是不够，让美女嵌入一个城市的形象，继而辐射到更广阔的世界，是旷日持久的系统工程，得通过电影、电视、专辑、广告、杂志的联动，这是 20 世纪 70 年代后的香港才有的能力。

少女们从五湖四海出发，从伦敦、从纽约、从上海，到香港来，接受这个神话城市的审阅。在女权主义者看来，她们是被消费和被物化的人。香港作家陈浩泉的小说《香港小姐》里，毫不犹豫地将她们参赛的动机解释为虚荣。女主角刚一出场，就伫立在橱窗前，痴痴望着一只无力购买的波鞋，占有欲极强的男主角，也是通过波鞋等小物件，将她搞定。欲望总是背负污劣之名，尽管欲望或许也是文明的推动力。

被萃取为香水，担负储存香港繁华、遮盖香港异味之责，的确意味着某种异化。Rob Radboud 公开的翁美玲往事中，最令人震惊的，是翁美玲的另一次自杀，1977 年，她 17 岁，为了和 Rob 去荷兰度假而撒谎，被母亲发现，因此吞下整瓶安眠药。他知道她的脆弱，但那些把她装扮成明艳的城市女郎的人不必知道，她也有意遮蔽自己的这一面。Rob Radboud 说："我读过汤镇业的故事。我不认识他，所以对他没有任何评论。但我怀疑他也许不知道 Barbara 是一个感情多么脆弱的人，因为她可能不曾告诉他自己在英国的生活，也不曾告诉我们的过往。"

翁美玲固然脆弱，但在时势更替面前，"香港小姐"也不过是种脆弱的存在。20 世纪 90 年代之后，"香港小姐"水准日渐下降，翁嘉穗、张嘉儿等港姐饱受诟病，2012 年，TVB 掌控"香港小姐"的第四十个年头，负责选拔的 TVB 高层余咏珊在被问到整容问题时曾表示："看看实际情况整成怎样，效果太假就不行了。"这话被当做放宽整容美女准入标准的信号。也许，非放宽不可了。

香港的"香水"味日渐稀薄，缭绕在这个城市上空的香气，渐渐投奔他乡。对赵雅芝、朱玲玲、钟楚红、邝美云、翁美玲、张曼玉、李美凤、李嘉欣、陈法蓉、袁咏仪等"香港小姐"的怀念，其实是对促成她们美貌的所有因素的怀念，对过去的香气的追忆，是对萃取香水的所有因素的追忆。这种因素，从实处讲，是经济指数、文化成就，从虚处讲，或许，叫做元气。

尘土

"许多人以为枪声是电影的一部分。"

丹佛影院枪击案发生后，幸存者这样描述自己的感受。当时，《蝙蝠侠前传 3：黑暗骑士崛起》在丹佛市郊的奥罗拉（事件的实际发生地，用丹佛冠名此案是由于城市知名度）世纪戏院放映了 30 分钟，詹姆斯·霍姆斯身穿黑衣、头戴防毒面具，闯进电影院，先投烟幕弹，随后向观众扫射。《蝙蝠侠前传 3：黑暗骑士崛起》由此进入另一个类别，和《出租车司机》、《发条橙》、《天生杀人狂》、《鬼娃新娘》、《搏击俱乐部》一起，成为引起模仿、激发犯罪的电影。

电影制作者和影迷最怕这个，一旦被扣上这样的罪名，票房会受影响，更没可能引进内地。其实，事情发生在《蝙蝠侠前传 3》上映时，只能说是这部电影的不幸，是当时观看的观众的不幸。詹姆斯·霍姆斯的杀机早就存在，他只是在等待一个易于理解的动机，就像一个情急的宅男在等待任何与性有关的信息，电影充当了那个动机。他或许在模仿，却不是在模仿"小丑"（《蝙蝠侠》系列电影中的反角），他模仿的不是某一次暴力，而是经过文化调试的所有暴力。

电影、文学、音乐，一直在对暴力进行精心调试和重新包装，用剪辑、配乐、大明星出演，使之美化，成为娱乐的对象。有的人能区分经过调试的暴力和现实中的暴力，有的人却不能。几乎所有暴力犯罪的主人公，性格都是相似的，冷漠、疏离，他们在建立感情联系的路上失败了、受挫了，生活在一层心理上的保鲜膜里，没能力设身处地，也没能力分辨虚拟和现实、影像和行为的关系。所以，当人们要为马家爵翻案的时候，首先要虚构故事，比如他对母亲的关怀，他惜贫怜弱，证明他能够和周围的人产生正常的感情联系。

詹姆斯·霍姆斯选择了电影院这样一个场所，选择这样一部电影，并在进场前悉心装扮，给自己染上红发，是为了嵌入这部电影之中，从此成为这部电影不可分割的部分。他意在掠夺"蝙蝠侠"系列电影的成果，此前的，甚至此后的。他的野蛮屠杀，有了电影背景，立刻拥有了另一种样貌。他也知道媒体会怎样报道自己，他既然能把自己租住的公寓变成一座弹药库，装上精密设计的炸弹，当然也会深思熟虑地想到媒体的反应。他是按照电影、媒体的所有因素，来设计自己的行为，他在和它们进行互文。

不得不提到另一个案件的当事人，中国留学生在加拿大遇害案的嫌犯

Magnotta，他也深谙此道，懂得利用传播要素设计自己的行为。2009 年到 2010 年间，互联网上曾有博客称 Magnotta 和 Karla Homolka 结婚，还生了两个孩子，Karla Homolka 是另一个凶残事件的主人公。她 1987 年嫁给 Paul Bernardo，此后，他们夫妻俩一起犯下多起案件，造成几位年轻女性死亡，她于 2005 年出狱，她的故事被拍成电影《Karla》。Magnotta 随即主动接触媒体，说博客内容是谣言，给他带来很大伤害。后来的事实证明，那个博客和相关留言，都是他自己撰写的。

Magnotta 崇拜莎朗·斯通，他的前女友回忆道，《本能 2》刚一问世，他就迫不及待去电影院观看，并且坐在第一排，这解释了他的妆容——那分明就是男版的凯瑟琳（莎朗·斯通所扮演的角色）——以及他为什么会使用碎冰锤。仅仅"用典"一处，在他看来是不够的，现场色调浓艳，挂着《卡萨布兰卡》的海报，视频还经过剪辑和配乐，配乐是怀旧劲歌。他植入了大量电影元素，也知道媒体报道一定避不开这些。因为加拿大没有死刑，出狱之后，等待他的将是自传、电影、脱口秀。甚至可以想到，会有电影因为引用真实的杀戮视频引起争议。

"出了电影院，整个国家都像是电影，这是美国最迷人的魅力所在，你所穿越的沙漠像是西部片的布景，都市像是一个符号和程式的屏幕。"让·波德里亚在《美国》里这么说。其实不只美国，此刻，整个世界，电影（或者媒体、网络、游戏）和现实的界限，越来越模糊了，因为二者越来越难以分辨，我们生活在一个庞大的片场，一举一动都在仿拟影像。

我们像古惑仔那样打架，像张君那样打量银行，像硬汉那样点烟，像妖姬那样走出浴缸，我们也用肖申克来说明忍耐，用容嬷嬷来说明愚忠。杨丽娟被娱记围追堵截时，恼怒地挂着脸，对记者说："信不信我打你。"这不是西北矿区女孩的天然表达，这是她钟爱的香港影视中的表达。浙江有个自制八十多件工具入室行窃的小偷，被警察抓住后，面对镜头，这样回答提问："人生就像一场戏，有人扮演警察，也总要有人扮小偷。"这也不是小偷的表达，这是明星处心积虑设计金句时的表达。人们从影像中取材，来设计自己的言行。与此同时，人们也愿意按照影像的规律去理解他人的所作所为，"像电影"减轻了理解的难度。

电影也像一件工具，让我们可以很方便地讨论那些有政治禁忌或者伦理禁忌的人和事。

比如，震撼中国的某件大事的男女主角和几个配角接受庭审后，他们的故事被简化为一出爱情和家庭悲剧。重庆十岁女孩摔婴事件爆发后，因为谈论"儿童暴行"是一项隐蔽的禁忌，人们索性去谈论相关电影，《月光光，心慌慌》、《伊甸湖》、《告白》、《雷德怒潮》被屡屡提起。

显然，重点不在于发生了什么，而在于如何讲述以及人们会不会接受这种讲述。就像《少年派的奇幻漂流》，现实非常残忍，简直无法直视，但当事人又必须要完成讲述，于是索性创造出一个故事，有猩猩和斑马的故事，来覆盖现实。对于已经创建了"讲故事"这种文化手段的人类来说，比"不是真相"更难以忍受的，是"不够故事"。

　　故事是我们这个世界的微尘，它是从真实的土壤中扬起来的，一旦重新落下来，却有了别样的意义，我们就生活在这些尘土里。现实的真实感，和影像、媒体制造的真实感，在压跷跷板，不过，法国哲学家埃德加·莫兰在他的《时代精神》里也说，大众文化对人们的行为和心理状态产生了影响，也正是这种影响，才把人们变成了现代人。

　　未来是可以预见的。人们正在脱离扎根的土壤，生活在这些虚浮的尘土上，努力挣脱真实感，被尘土左右和监控。一些人，像惊醒的机器人瓦力，似乎想到了什么，急于逃出去，逃向西藏、丽江，那些在他们想象中，还没被"尘土"覆盖的地方。尽管，奔逃中的他们，穿着一样的衣服，开着一样的车，拥有统一的坚毅神色。

半拍

有两个张浅潜。一个是朋友所知道的张浅潜。这个张浅潜，总是抢着埋单，特别大方，朋友送给她的礼物，不论贵贱，她转眼就送给别人，这个拒绝接受，就找下一个——总之，一定要趁热送出去，要趁热。演出的时候，她的手在面前的乐谱架上翻动着，先报出歌名，随后否决，"我唱另一首吧"，"这首的歌词还没写好"。吃饭或者聚会的时候，她惦记着回家的路，那段路远，而且黑，但马上又不担心了，拿出一瓶酒，号召大家一起聊到天亮。还有，我为她担任过一次暖场嘉宾，结束的时候，她一定要从门票分成里拿出钱来给我，说"这是规矩"。

还有一个张浅潜，是别人知道的那个张浅潜，总是从演出中逃跑的张浅潜。2011 年春节前，朋友发起"张浅潜的流年簿"十地巡演，北京、上海、武汉、成都、兰州、西宁，其中有一半场次，她或者没能到场，或者在演出中途消失。有人说，她像个古代人。"古代人"可以做两重理解，一重是赞美，意味着热情、忠诚、坦荡、亮烈，所有这些现代人身上不多见的浓稠感情；另一重，意味着散乱、落伍、执拗、不合时宜。

从后一种意义上讲，有段时间的张浅潜，曾经不那么像古代人。1988年从青海省艺校毕业，南下广州，成为摄影模特，起点是"美的电器"平面广告，几年后以女画家身份去北京开画展，和赵半狄合作，稍后转型成女歌手，签约红星。2000年是她成功学意义上的黄金时代，获得MTV最佳摇滚女歌手奖、最佳编曲奖，然后是Channel［V］年度最受欢迎女歌手奖、最佳摇滚人奖。她交游很广，和好友张亚东组成"Z2"组合，她称广告宠儿罗湘晋为"我的小罗"。她不是不能，她能，或者说，曾经能。

但突然间，什么地方神秘地"咯噔"了一下——这种情形通常发生在那些有天分的人身上。突然间，"咯噔"来了，他们像是过了十二点，得忠诚于自己，不要天上掉的鞋子了，要做回那个灰颓的、哀伤的捡豆子的姑娘。2003年后的张浅潜，成了后一种古代人。一种说法是，情感问题导致抑郁；另一种说法是，她从上一个唱片公司时代，骤然穿越到现在，不能适应现在的转速。那个时候，一切都有人打理，而现在，唱片业的覆巢之下，已经放不下一个安逸的琴盒。她感觉到了，却不愿细想。最能帮助到她的张亚东，谈起"Z2"的没能继续，是因为"对唱歌完全没兴趣"。她的说法是："张亚东人是非常不错的，但他更注重用音乐赚钱，而我认为音乐是一种心灵的沟通，是我与人交流的一种语言，我们对音乐的态度是不同的。"

如果把这张音乐版图再拉远一点儿，我们会发现，这种合并了两重意义的古代人，盛产于西北。苏阳、赵牧阳、吴吞、马木尔、吴俊德、张玮玮、张佺、小索、洪启、"花爵鼓"的刘潼、"六个国王"的李东。再延伸出去一点儿，向着别的领域，还有写阿勒泰的李娟，写河西的雪漠，都是西北人。

他们热情、亮烈，却又远不及东边的人手爪利落。和西北的天光一样，他们总要慢半拍。2005年后，流行音乐和民谣露出社会化的迹象，东部的民谣歌手们敏锐地觉察，迅速跟进。西北民谣版图上的歌手们，还是不动声色，和张浅潜一样，他们唱的还是"天空"、"大地"、"星斗"、"理想"、"爱情"。他们得仰仗、等待别人对这一切产生兴趣。

丹纳《艺术哲学》里的理论始终正确，地理性格决定了艺术家的性格。西北是个什么样的地方？经典事例：2005年，西北L城有个寺庙决定放河灯。那天，全城倾巢出动看灯，导致全城交通瘫痪。第二天，所有的报纸都不得不辟出许多专版来刊登走失孩童的照片。这是一个会为20盏河灯沦陷的地方，一个温暖而幽闭的家。

也正是这落后的半拍，造就奇异的审美。这可能才是2003年后民谣复兴的原因。必须有一些人，比我们慢半拍，比我们固执，供我们回望，成为乡愁的实体，成为业已消失的田园牧歌时代的落难贵族，惨烈，但却美，身上有过去时代的蠢蠢崇动。越是激烈的时代，这种寻找慢半拍者的愿望也越强烈。而他们一旦成为景观，也就意味着被固定在原地，被过塑，被嵌入符号。

无数次演出中，张浅潜问台下的观众："你们想听什么？"台下的回答往往是："《倒淌河》"、"《另一种情感》"。张浅潜不满了："难道我只有《倒淌河》和《另一种情感》吗？"慢半拍者的生活，和他们标志性的作品一样，也被神秘地固定在原地。他们没有固定住所，没有财富，生病的时候得用义演解决费用。人们不觉得有什么不妥，赞美，并且鼓励，鼓励他们做那个哀伤的桃花源，记忆里黑漆漆的屋宇上的白月亮，让他们戴着我们曾经向往却绝不肯戴上头的荆棘冠。每个时代都是如此。

但只有慢半拍者，才会对这一切有切身感受而不仅仅是找替身帮助自己遥望——遥望旷野中的河流，晚风吹着树影，独自在草滩上晒太阳。像萧红的诗："我的胸中积满了沙石，我所向往着的，只是旷野、高天和飞鸟。"那是给所有慢半拍者的馈赠。

玩偶

开始是真的。

20 世纪 80 年代，TVB 某著名男艺人遭遇"捉黄脚鸡"（包括不正当的性关系、捉现场和勒索等要素），这位艺人报警，勒索者落网，为维护他的形象，媒体报道称之为"X 先生"。明星丑闻报道使用字母代指人物的传统由此开启。"字母先生"之后，"字母小姐"登场。一位名叫钱志明的男子，在数年时间里披挂皮条客、电影编导、富家公子等身份利诱女艺人。女艺人和他发生性关系后，还被拍下裸照并遭勒索。1990 年 8 月 13 日，终有受害女艺人报警，案件 1991 年开审，为保护受害人，六名女证人被称为 A、B、C、D、E、X 小姐。

后来慢慢变成真假参半。2008 年，陈冠希隐私照事件，是"字母明星"由真及假，由娱乐新闻变成文学创作的转折点。隐私照事件给围观者的震撼与启示是：明星在众目睽睽之下，在近乎透明的生活里，在密不透风的关注中，居然还能培育出另外一种人生，另外一段隐情。对狗仔的信任开始崩塌，明星维持双重生活的能力开始被夸大，想象力毫无节制地介入。两岸三地略微有头有脸的女星，都被影射与陈冠希有染，她们以剪影人物＋绰号的形式，出现在媒体上，引起全民大竞猜。

在几千年严苛的政治形势、高密度的人际关系、委婉曲折的表达习惯面前，影射是中国人的常用表达，既逃避了打击，又使领会者暗笑。明星丑闻报道，经历了 2008 年的洗礼，在全民竞猜狂热中尝到甜头后，开始向影射传统靠拢，在"真事隐"和"非假拟妄称"中间寻找落脚点，越来越趋向于文学创作，综合多个人物特征，选取娱乐圈高概率事件，塑造出各种经典的人和事，"字母（绰号）明星"于是大量出现。

2009 年，苑琼丹生动讲述了一位"魔术咸猪手"的事迹，此人常常"借表演魔术，对女艺人袭胸"。同年，一位 TVB 的幕后工作人员，向《忽然一周》杂志大爆电视台有"八大荡花"和"六大咸猪手"。2010年，投资专家兼社评主笔周显，提出四位与富商性交易的香港女星，并将她们称为 K、C、S、T 小姐。台湾的资深娱记许圣梅，每每在上通告时，绘声绘色讲述各种秘闻。这些秘闻，有的疑似来自天涯论坛，有的则隐秘到除非讲述人有隐身衣与穿墙术才能获知。但配合了她笃定的神色以及嘉宾们的一惊一乍，却也显得毋庸置疑。他们是我们时代的说书人，和古代说书人的区别在于，他们的讲述对象，不再是格萨尔王或者岳飞。

影射的好处终于被内地报刊再度发现——之所以说"再度",是因为早在 20 世纪 80 年代,内地娱乐新闻就曾凭借影射完成了在新闻雷区的游走,只是,那时为的是不招惹官司,这次为的是模糊焦距。香港《3 周刊》爆出男艺人 Y 先生患艾滋的消息后,倒是在内地惹起狂欢。什么样的男星能够在稳坐香港电视圈一线小生位置的同时,还在电影圈抢手,还能演而优则唱,还能北上发展?但这个弗兰肯斯坦式的人物的好处在于,他能将 25 位男星纳入影射范围。食髓知味后,"字母(绰号)明星"迅速有了本土化版本,孙兴吸毒事发,一份即将被警方采取行动的 30 位吸毒巨星名单开始流传,其中包括"王牌天后和老公、玉女导演、卷发导演、摇滚老炮、东北歌后、摇滚帅哥、妇女主任"。其实,那名单来自天涯老贴。

罗兰·巴特把文本分为"可读性文本"和"可写性文本"。我们时代的明星,已经成为彻底的"可写性文本",可以涂改,可以覆盖,他们仅仅提供一个形象,供各种后续的书写附着上去。2008 年后的字母明星新闻,娱记杨慧子写娱乐圈的小说,香港记者刘孝伟以杨千嬅为主人公写的四部曲小说"爱藏",宋祖德的爆料博文,都是这种"可写性"的结果。在"爱藏"中,刘孝伟以杨千嬅男友身份自居,满怀激情地写下"千嬅扑进我的怀内,我紧紧抱着她,她也紧紧抱着我"这种句子。

他们都是任人打扮、书写的玩偶,至于那些与他们有关的消息……"连这一点你都相信,你必定无事不信",安妮·普鲁这么说。

雷霆

　　一个规律是，当一个人到达巅峰，也就走上了钢丝，时有坠落的危险。最近复出的毛阿敏或许对此格外有感慨。1989 年 3 月，《哈尔滨晚报》报道了毛阿敏偷漏税事件。春节期间，她在黑龙江演出五天，赚了 6 万，偷漏税近 4 万。文章被中新社转载，轰动全国，出道四年的毛阿敏跌入人生谷底。其实一切早有预兆，1989 年 1 月 27 日，《中国音乐报》报道 1988 年的当红歌星出场费，毛阿敏以 2000 元居于榜首。而在中国，触目，便是凶兆。

　　这事没完，还会再来，因为是在那么一个环境下——正如当时一篇评论文章所说，"比毛阿敏财路更粗、出手更凶、办法更'野'"的明星大有人在，他们个个"比毛阿敏还毛阿敏"。1998 年 9 月底，中国国家税务总局向社会宣布，自 1994 年 1 月到 1996 年 3 月，毛阿敏在多场演出中有偷漏税行为。税案再起，中国税务出版社随之推出《失落的天使——毛阿敏税案实录》一书。1996年10月，她的事业伙伴野绍铎自缢身亡。几乎在同一时间，毛阿敏离开中国。

2000年，毛阿敏回国，她的归来，像一个实验，说明了四年时间不足以成为记忆上的淡忘期。她在韩城的演出，音箱出现问题，观众归咎于她，数千人在她住的宾馆聚集，要讨说法。随后，张勇回国，四年后，《我理想搁浅的沙滩》出版，19万字详述他和毛阿敏相处的种种。毛阿敏保持了沉默，她以低调换取时间。人们渐渐缓过劲儿了，她的出现终于被称作"复出"，人们称赞她的台风大气，女王气质依旧。

和她遭遇相仿的，还有韦唯。1991年，在李谷一状告《声屏周报》及记者汤生午侵犯其名誉权的官司里，报社和记者败诉，作为真正核心人物的韦唯从此渐渐淡出舞台。还有刘晓庆，2002年，刘晓庆公司税案爆发，刘晓庆入狱。遭遇这种重创的，还有杨惠珊、王祖贤、赵薇、郑秀文、汤唯、章子怡、张柏芝，华人娱乐圈的顶级女明星，全都没落下。而且，重创一律出现在她们风头最健时。政治不正确或者感情问题，突然间击打她们，像突如其来的胃痛，让她们蜷缩、苍白，原本截断众流的锐气全无，随后开始随波逐流。

"军旗装"后的赵薇，落落寡合；抑郁症困扰的郑秀文，怪象频现；"泼墨门"后的章子怡，再度出现在公众面前，逢人就带三分笑，合影的时候不肯往前站；而即将看到后果的，还有张柏芝，她是复出了，但复出之后的她，神采远输以往，脸型、眉型和眼神，都在发生变化。"混血多半会这样"——人们嘀咕着。和谢霆锋的婚姻大战之后，她还会有什么变化？

她们骤然失魂落魄，像杜拉斯说的："在风华正茂的时候，遭遇沉重的一推"；像骆一禾的诗："这一年春天的雷霆，不会把我们轻放过"。而雷霆——中国传说里，精灵在修炼中必然要遭遇雷霆劫，九劫之后，才能位列仙班。

和生活对着干，试图超越平凡，遭遇雷霆是必然。当毛阿敏还是上海染化七厂的工人，当韦唯还是呼和浩特铁路局职工张菊霞，当张柏芝还在龙蛇混杂的旺角成长的时候，不会想到，雷霆已经在什么地方潜伏，等着轻轻打她们一下。这种打击要在多年后才平息，要在年华老去之后才变缓。像回归后的巩俐，人们称赞她演技成熟，赞美她在红毯上的表现远超年轻女星，似乎他们已经这样赞美了很久。这是用各种伤害耗干她们之后的补偿。所以，活到一定年纪的女星，都有那么一种普遍的神情，眼神斜乜，嘴角下撇：我见多了。命运的这一套把戏，我见多了。

但为什么都是女星？顶级男星却从来不会经历同样的遭遇。她们的同案犯梁朝伟和陈冠希，却怡然自若。因为，时代，总是最先在女性身上有所动作。国家打算用道德之手控制家庭，首先得确立几位贞妇。文革的非正常生活形态下，打击奇装异服，首先从女性的裙子开始，女性会因为穿露背装，在上海街头被带走和判刑，而刘晓庆税案，也被兴奋地认为是税改的前奏。女性，从来都是杀给时代看的鸡，是大变革之前的献祭，出头椽子如果有性别，多半是阴性。

　　但我们也终究难免。那日，在西牛贺洲灵台方寸山上，孙悟空向须菩提祖师学长生术，祖师告诉他："此乃非常之道，夺天地之造化，侵日月之玄机。丹成之后，鬼神难容。"所以必须经历"三灾利害"："到了五百年后，天降雷灾打你，须要见性明心，预先躲避。躲得过寿与天齐，躲不过就此绝命。"再五百年后，天降火灾，再五百年，又降风灾。修真之路上，时不时地，就会这么来一下，天雷，或者心火，外力，或者自己的错失。

　　所以时不我待，不是因为我们得赶在生命终结之前有所成就，而是因为，你我得在雷霆到来之前有所交代。雷霆留下的平静期，一向不会太多，雷霆过后，生命就已进入漫长的迟暮。

旋涡

在迈克尔·杰克逊刚去世的时候，有件事就可以预料：他的死将被视为谋杀，关于他死亡原因的探讨将久久难停。

被指控与杰克逊的死亡有关的，是杰克逊的私人医生康拉德·莫瑞，这位被杰克逊当做"世界上数一数二"、"可以托付终身"的医生，因为杰克逊的死，成了过失杀人嫌疑人。2010年8月23日，洛杉矶最高法院宣布，对莫瑞的过失杀人指控不成立。结果宣布之后，杰克逊的父亲乔·杰克逊对媒体说："我们需要公正！"杰克逊的二姐拉托亚·杰克逊马上发表了一份声明，表示她确信莫瑞和另外几个人一起参与了对迈克尔·杰克逊的谋杀。

她在电视节目中亮相、接受采访，认为有一群人用力道极大的精神药物控制了杰克逊，最后害死了他，目的是想从杰克逊的财产里分一杯羹。杰克逊早就觉察了这一点，曾多次告诉她，有人想要谋杀他。在杰克逊去世两周年的时候，她接受 CNN 访问，重申这一观点，还补充说，杰克逊的许多珠宝首饰都被人拿走了，他之所以签下在伦敦的五十场演出，也是因为被人胁迫。

是不是很眼熟？拿破仑死后，人们认为他是被毒杀的，他的遗嘱被公布后，更加深了人们找到证据的决心："我即将过早地离开人世，我是被英国的寡头统治者及其雇用的刺客所谋杀的。"各种据称来自拿破仑遗骸的头发被送到世界各地的实验室，曾担任拿破仑助手的某位先生却嘲笑说，这些头发足够织成地毯，铺满凡尔赛宫了。

猫王死后，人们认为他是被谋杀的，迫切地想弄清楚 1977 年 8 月 16 日，在"优雅园"里到底发生了什么事。玛丽莲·梦露去世后，人们也认为她是被美国情报机构暗杀的，苏联间谍、神秘日记、神秘录音带，相继出现。张国荣去世后，人们认为他肯定是被人从楼上推下去的。还有黄家驹、邓丽君，在传说里，都是某个谋杀案的受害者。人们不会对一个巨星的死忍气吞声，被谋杀，是人们免费奉送给早逝者的最凄艳的鉴定报告。

和"谋杀说"一起出现的，还有各种自动附着上来的传说和搅水者。杰克逊去世后，许多男女表示和他有过一段情，许多年轻男女声称自己是他的私生子或私生女，主动求验 DNA，其中最著名的一位甚至说自己是迈克尔·杰克逊与医生芭芭拉·罗斯·李（女歌手黛安娜·罗斯的姐姐）的私生女，结果遭到无情否认。由 CNN 电视台制作的迈克尔·杰克逊纪录片

Inside Neverland 在全美播放后，观众竟从某个持续不过两秒的镜头里，找到了一个疑似杰克逊的鬼影。

所以，不会有真相了，即便有，也不是最初的那个真相了。这是个旋涡，是人和事在各种作用力驱动下出现的神秘区域。每个人只贡献了微薄之力，最终却启动了风暴眼，有关人等全部卷入，事物的本来面目被蛮横地扭曲，人们看待和诠释事件的方式也被控制。人们在旋涡制造出的混沌世界之中，丧失了原有的秩序。

伊藤润二曾画过一个叫《旋涡》的漫画。故事发生在黑涡镇，整个镇子突然被"旋涡"控制了。人们迷恋旋涡，制造旋涡图案，最后以各种与"旋涡"有关的方法死去。最后，连那小镇，都被旋涡连根拔起。

将人和事变为旋涡的决定性因素，有两个：时间和足够多的登场人物。美国法医学领域的作家科林·埃文斯在他的《证据》一书里，描绘了大量的类似事件：少年杀人凶手，因为笑容灿烂，被群众判定无罪；穷凶极恶的凶徒，因为女记者激愤的报告文学，被粉饰成了司法不公的受害者。最著名的，则是辛普森案。这个案子引发了加利福尼亚历史上最漫长的审判，耗资超过两亿美元，制造出了 5 万多页审判记录，150 名证人出席，但最后，陪审团却在 5 个小时里，做出了无罪判决。科林·埃文斯认为，造成这一结果的主要因素，是辛普森有钱，而且有很多的辩护时间。"法庭会被窒息，而陪审团则会被麻痹到只会做出无罪判决的地步。一些看上去无懈可击的法医学证据被人类情感的原始力量给摧毁了。"

　　总之，决定因素，还是那些"情感的原始力量"，而不是理性和让事物绝对明晰的决心。我有个警察朋友，在钱云会死亡事件后说，这事一定会变成"十二宫"和"黑色大丽花"那样的千古谜案，无论如何也不会有真相。因为各路心怀目的的豪杰、各种自有所图的力量都搅和其中。他们是在表达，却是在表达自己，是在陈述，却不过是自我目的的陈述。这些力量，使它吸附了越来越多的杂质，越来越混沌。最终，它只是成为一个供整个时代的肖像登场的舞台——一个混沌世界里的混沌舞台。

流沙

　　王菲发微博暗示离婚的时候，我正和来自全国各地的记者一起，乘车去"快乐男声"现场看比赛。王菲微博出现二十分钟后，离婚消息被证实，所有人都开始忙碌，有人电话调度，有人摊开笔记本现场写稿，车厢里一片荧光闪闪。

　　娱乐版的惯例是"王菲无小事"。参考王菲结婚、生育的报道规格，离婚事件的叙述周期至少也应该持续半个月，未来三天的头条以及半个月之内的专题、评论题目，已经有了着落。周末显然已经被毁了，几天后的中秋假期也岌岌可危。记者们开始写调侃段子，凤凰网制作了"广大媒体从业者给明星们的一封公开信"，朱红色的大字写着"请勿在国家法定节假日宣布离婚"。所以，谁也没有想到，一周之后，这消息就已经从谈资榜上沉没。

　　这沉没，和王菲与李亚鹏的果断有关，他们没有任由传言持续，也没有添柴火。"没有第三者、没有婆媳不和、不牵扯财务问题、不是悲情狗血剧……不会出家"的声明，断绝了所有后续消息出现的可能，没有后续消息，就等于停止喂养，一个事件的新闻生命，自然断绝。

但一周的热度，对王菲来说，还是太少了，少到让似怨似嗔的记者们都感到愕然，而那正是当下的趋势——新闻事件的关注周期，越来越短，新闻人物，越来越快被遗忘。我们对"好声音"、"我是歌手"、"快男"、"超女"中出现的各色人等，惊艳时是真惊艳，遗忘时是一点渣滓不留。还有《一代宗师》、《一九四二》、《致我们终将逝去的青春》引起的全民共议，转瞬就被淡忘。从狂热到淡忘，所耗费的时间，越来越少，网络的"十五天定律"（对人和事的关注不超过十五天）已经变成"七天定律"乃至"三天定律"。

不只娱乐世界这样，那些曾经引起我们切身之痛的人和事，也是转瞬沉没，沉没的速度越来越快。有人建了一个名为"中国之烂尾新闻"的微博，试图追究这些事件的下落："对于烂尾新闻，我们能做的是不断地将这些沉下去未解决的问题提出来，拒绝遗忘，拒绝健忘……看看我们都忘了哪些？看看多少是'已解决'，多少还在'处理中'，又有多少是'无下文'。"事实是，提醒往往只提示了遗忘，风暴中心的人，起初也会感到烦恼，但他们很快就发现了解决事情的秘诀：等待遗忘到来。而且，遗忘到来的速度在加快，他们不需要等太久。

齐格蒙特·鲍曼用"流动"描绘这种趋势，在《流动的生活》中，他说："在流动的现代社会，个人的成就无法固化为永久的成就，因为资产很快就变成债务，才能很快就变成无能。"在这样一个社会里，"没有什么可以免受用之即弃这一普遍规律的支配，也没有什么可以被容许在过气之后继续存在下去。无论有无生命，一切事物的恒久性、持有性、坚韧性，都是无以复加的危险"。生活在这样的世界里，人们像是在流沙上行走，在薄冰上起舞，必须迅速生活，时刻保持警觉，勘察世界的最新进展，不断"去除自身过期的属性"，以免"死抱着不再被看好的东西，害怕错过了掉转方向的良机"。

在流沙上狂奔，已经成为一种基本技能。我们从某人某事在搜索热度排行榜上位置的下降，从"我还好，你也保重"、"致我们终将逝去的……"不再被用于造句，嗅出转向的气息，在"元芳你怎么看"最热的时候，感到危险的逼近。突然，所有人决定了：遗忘。没有一声号令，也没有一点儿回响，遗忘来了。就像黑石沙漠的火人节节日（Burning Man），人们骤然到来，狂热奔放地建起一个"城市"，八天后骤然离去，所有的东西都随身带走。那个节日，是我们此刻流动生活的最贴切象征。

在遗忘戛然而至之前，必须预先发现下一个追随对象，哪怕下一个对象并无区别，就像微信和微博并无区别。重要的是发现和追随，重要的是奔逃的动作，因为流沙在脚下飞速移动。

没有人是赢家，除了流沙。德·昆西的《英国邮车》里，流沙吞噬了头戴玫瑰花冠的女郎，但哭泣与钟声瞬间被一声咆哮终止，那咆哮，"是吞噬一切纷争的胜利回响"。

宠儿

  青春偶像，往往要经历两次出生，一次是新生，一次是重生，第二次更难。小虎队的三个成员，在极盛时期过去后，境遇各自不同。陈志朋一直郁郁不得志；苏有朋借助《风声》中的突破性演出引起关注，但后劲不足；真正实现重生的是吴奇隆，他一直密集地出演电影和电视剧，并且终于在 2011 年，凭借穿越剧《步步惊心》中的四阿哥角色爆红，片酬暴涨，传说中的数字，是一集 250 万台币。三人起点相同，最具可比性，最可以让我们窥见青春偶像重生的秘密。吴奇隆之所以再度走红，或许因为，他是三个人当中，唯一由 Beloved 向 Lover 转型成功的。

  古希腊时代，男子在少年时是"Beloved"（被爱者，或者说，宠儿），年长的男子则是 Lover（爱者）。被爱者生活在爱者和他人的庇护和指导下，向他们学习常识和礼仪。但是，一旦过了某个年龄段，就必须变成"爱者"，担负起庇护和指导他人的责任，违反了这个游戏规则，过期耽留，就会遭到惩罚。当然，不只古希腊时代如此，"Beloved"和"Lover"的转换是成长之必须，只不过古希腊的命名使之更有仪式感。让-雅克·卢梭在《爱弥儿》里说："男人不能总是像个孩子。在命中注定的某一刻，他会离开童年。这一刻虽如此短暂，却意义深远。就像呼啸的浪潮预示着暴风雨的来临，不断上涨的热情同样预示着什么。压抑已久的兴奋警告我们危险即将来临。"

小虎队曾经的角色，是彼得·潘式的少年，是全社会目光注视下的"Beloved"。他们的歌，他们在 MV 中的表现，和 20 世纪之初德国的"候鸟运动"（The Wandervogel）遥相呼应——青年人不愿去当军人、工人、运动员，转而寻求别的出路，他们结成各种社团，穿着古服，经常去远足和宿营，在野外点篝火，唱歌作乐，和流浪汉交朋友，最后在营地沉睡。《青苹果乐园》、《逍遥游》、《爱》、《蝴蝶飞呀》、《红蜻蜓》里的小虎队，似乎生活在一个永恒的夏天，总在聚会、远足、海钓，或者在草木幽深之处扎营。李子恒为他们创作的那些歌，也常常要歌唱"大海"、"晚霞"、"蝴蝶"、"飞翔"。这固然是台湾民歌运动遗留的传统，也是解严之后的必然，禁锢一打开，接下来就是沉溺。

小虎队承载的是"渴望永葆青春的理想以及浮士德式的反自然契约。"但他们的真身不可能长期维持这个假象，陈志朋在 1991 年 12 月服兵役，导致了小虎队第一次解散，1993 年年底，小虎队重组，此后再度解散。三人各寻出路，三个"绝世美少年"（百度百科语）的形象渐渐起了变化，他们必须得割断他们和"青春"之间的脐带，从全社会的"宠儿"角色里挣脱出来，离开童年，投身成人世界的危险和不妥。但 Beloved 向 Lover 过渡的时期，也是尴尬时期，吴奇隆和苏有朋还是在偶像剧里打转，尽管观众比他们更清楚他们形象上的变化。

最先完成这个过渡的，是吴奇隆。和苏有朋、陈志朋不一样的是，吴奇隆家境不好，十三岁就出来打各种零工，在摆地摊时被星探发现，作为港台最著名的还债明星，他直到 2002 年才帮借了高利贷的父亲还清债务。这期间，他疯狂接戏、受各种伤、开餐厅、经历婚变。电视剧《大码头》显示出他已经有能力驾驭复杂角色，他和马雅舒的婚姻，则显示出他已经适应成人世界的处事法则。婚变之后，他慷慨分家，不出恶言，只在《步步惊心》爆红之后，接受采访时说"感情真的没空想，但要当爸爸不难"，并表示不排斥找代孕母亲生子。隐隐一点儿雷声，什么都没说，什么都说尽，符合中国社会对成年男性的期望。

与此同时，苏有朋和陈志朋在《还珠格格》片场和内地男星产生矛盾，陈志朋还曾写回忆文章详述往事。2008 年 7 月 27 日，小虎队成立二十周年纪念日当天，陈志朋在博客上感谢众人，并写下十八个"啊"来说明他的复杂心情。

曾经的宠儿们，必须在时过境迁后，担负起指导他人的责任，不能胜任者，必然被轻视。莫少聪和孙兴涉毒事发后，孙兴召开了一个严肃的道歉会，事先准备充分，穿黑西装，背诵措辞严谨的道歉声明；莫少聪则表现得非常慌张，最后还跑回香港去召开道歉会，道歉会上，穿的是一身白衣服，让公众十分不满。他也是一个没能摆脱漫长青春期的男人：年近五十，没有稳定的婚姻关系，不认儿子，喜欢马拉松，喜欢户外运动，为了拍摄西藏户外运动的纪录片倾家荡产；另一面，耳根很软，又不善于理财，朋友只要说有个什么项目要他参加，就立刻掏钱，最后平添了很多赔钱的古怪商业项目。

1904 年，詹姆斯·马修·巴利的童话剧《彼得·潘》上演，最后一幕，彼得吹着笛子吸引来的孩子们都已经长大，并和家人重聚。彼得独自站在窗外，看着孩子们和他们的家人团聚。

窗外还是窗内？Beloved 还是 Lover？这是凛冽的时间之刃总会摆出的选择。一代又一代。

焦灼之诗

　　如果要给这个时代推选一张脸做代言，我首先想到周迅，和演艺成就、一姐二姐没关系，只是因为，她有一张焦灼的面孔。

　　这个时代给我的感觉是焦灼。在流沙上行走，在薄冰上经营，老无所依，大难将至未至，一落地，最先接受的是焦虑洗礼。周迅就有一张焦灼的脸，面容精致，眼睛灼灼，像电影《冰山上的来客》里，那个战士形容假古兰丹姆："好像眼睛后面还有一双眼睛。"那双眼睛给人的感觉是，有一些悲剧被苦心地隐藏了，有一些哀愁得不到重视，因而索性以绚烂的姿态泼溅出来。她整个人也在配合这张脸，声音是烧灼过的，身材瘦瘦小小，但又不是了无生趣那种，倒像马齿苋，长在半沙的地上，努力固住水。

　　不知道这是不是她受欢迎的原因，她长着一张焦灼时代人们心里的脸，是蒋勋说的那种"在面貌上陌生，在精神上熟悉"的脸。她最好的角色，都是能够配合她这个人的，她也常常会在无根者、异乡人、来历不明者这类角色身上焕发全部光彩。她出演的角色，极少被父母和家人环绕，往往在故事结束前，就已经提前离去。那些女奴、小妾、女间谍、狐狸精、飘浪之女，都像是《苏州河》里那个角色的复刻版——住在水上，所以一生漂泊。人们总是下意识地期待、邀请、分配她扮演异乡人，因为她本人正是如此。和她合作过的黄觉，当年看到《巴黎野玫瑰》，第一个想到她——那个以燃烧生命为己任的野玫瑰，也是一个异乡人。

写她的文章里，魏玲的《小姐，你有一张未婚妻的脸》流传最广，不只因为那篇文章最详尽细致，也因为它写出了周迅身上许多特别的性格元素，比如焦灼。从少女时代开始，她总是奋力投入一个角色，又奋力挣脱，从一个剧组转到另一个剧组，从一架飞机上了另一架飞机，"很难一直同行"。她身边的朋友和经纪人，总是来了又去，渐行渐远，以至于会让他们反省自己，是不是没有对她表现出足够的善意。事实上，那种动荡生活，是所有演员必经之路，对她却有深刻影响。在任何一段关系中，她沉浸时是真沉浸，决绝时是真决绝。她有遥望别人窗口灯火时的不安，更大的不安却是不安的消失，所以，黄觉说她"是一个漂泊的人"。

那个细节让人久久难忘："完全信任、完全投入，使得当周迅结束一个剧时，看上去就像失恋了。在一个地方拍戏时间长了会不舍得，以前每次拍戏完了她都要多留一两天，'好慢慢地离开'。"

还有她那备受争议的恋爱。在我们的文化里，长期处在恋爱的状态，是不合乎成人世界规范的，一个较为规范的明星生涯样本，得遵循这样的路径：成名——恋爱——结婚——开公司。结婚和开公司，都是宣示自己认可世俗规则的仪式，许多人自动或者被动地选择从俗，她却拒绝了这种可能，将自己长期放在一种焦虑里：期待情爱的焦虑，情爱消失的焦虑，被世俗评议的焦虑。

围绕她的种种焦虑里，还有人们对商业片时代的她，无法发挥潜能的焦虑。但正是这些忧患之思，让她与众不同。克尔郭凯尔视焦虑为"学府"，他的阐述着实适用于周迅："当学人从这间可能性的学府毕业之后，他便会比孩童更彻底地了知世情，他绝对无法向生命要求任何东西……此外他还学到一项可贵的教训，每一项令人惊惧的焦虑可能在下一秒钟就成为事实，他会因此对真实有完全不同的理解，他会赞颂真实……"

与她有关的传说，也有种幽暗的调子。有个叫远子的作者，写过一篇题为《商场的地下王国》的文章，讲述了他在北京一间书店工作的经历。书店在某商城的地下二楼，常有演艺界人士光顾，港台内地欧美的都有。不过，"绝大多数明星所买的书，除了一些实用类的书外，基本上都是心灵鸡汤"，但是周迅例外，"她只买世界名著"。商场的地下世界，幽暗的店堂，守望着的店员，幽暗的期待，形成一种雾气，这是周迅身上才会散发出的雾气。

得通感一下了，如果周迅是音符，一定不是 C 或者 A，而是 F 或者 B，不能做一个乐句的落脚点，永远处在通向稳定结构的过程中；如果周迅是颜色，应该是 LOMO 式的淡绿、灰蓝、浅紫、矿石红。

我们一定会在未来的某天发现，她给我们这个年月提供了一张可以做封面的脸，可以通感的音符、颜色，和我们这个年月的焦灼感暗合，并让焦灼成诗。

红字

一审被判处无期徒刑近半个月后，苏越提出上诉。

把他犯事的过程梳理了一下，大致是这样的：2004年前后，他旗下的文化公司正在上升期，2005年拍摄的《武林外传》于2006年元旦在央视播出，最高收视率一度达到9.7%。扩张之心油然而生，为的是公司早些上市，于是投拍若干大制作。两部古龙小说改编的电视剧，分别邀请谢霆锋和甄子丹出演。还有一部改编自严歌苓小说的电视剧，讲述华人劳工在美国的经历。可想而知，投资额绝对不会少。

但是，影视剧领域，像沙场，也像赌场。2006年后，他投拍的电视剧遭遇了电视台欠款、退片，和央视合作的一部电视剧没有过审。占压款项达到一个亿。

他没跟原来的股东讲，转而寻找新的投资人，新的股东要求短期、高息，他答应了。从前的股东信托也在此时到期，他于是铤而走险，编造若干项目，有影儿或者没影儿的，向游资求助，包括高利贷。何况，虚构什么项目不好？他虚构的是北京奥运会巡回演出。2007 年 12 月到 2008 年 10 月间，他借了 5700 多万元，随后事发，他用了一年八个月努力偿债，最后剩下 2800 多万元无力偿还。他的爱人安雯在微博呼吁的理由，也是希望给他机会，减少受害者损失。

回顾整个过程，不得不得出结论，他最大的失败之处，不在于使用了欺骗手段，而在于他的失败。所有资产放大的过程其实都险象环生，道德和法律上的遮羞布千疮百孔，但挨过去了，胜了，就是神仙，没挨过去，败了，就是骗子。当初，孟广美的意大利男友 Corrado 被当做骗子时，我曾说："只能说，Corrado 是个失败者，失败的情人，失败的资金运作人，失败的危机平息者，投出去的钱固然不见声响，事后的表现也过于失措张皇，是他的失败，使他成了骗子。而骗子之所以成为骗子，不是因为他实行了欺骗，而是因为他是个不成功的骗子。"

另一种论调却被大量重复——每逢文化人经商失败，这种调调必然出现——苏越不适合经商，文化人都不适合经商，他没有自知之明，他不愿安贫乐道，他抛弃自己熟悉的领域断然越境，失败是必然结果。刘晓庆、方宏进也被当做相近的例子频频举出。

经商一直被视为一种特殊的能力。事实上，所有的行业都高祭"特殊能力论"，为的是增加神秘感，提高准入时的心理门槛。但若细究那些被视为有强大经商能力的人群，会发现，他们之所以出门经商，或者因为种族和宗教的原因，没了容身之地，或者身处丘陵、干旱、人口密集地区，"地不养人"，不得不在商业领域寻求出路与救赎。他们的经商能力与其说是天赋，倒不如说是最后的吼声，与其说是恩赐，倒更像一场旷日持久的训练，一种被迫成就的传统。他们只是被分配了这样一种角色，勉力为之，最终也有所成。而世上的一切行当，一切专业，其实不外如此。

苏越是有经商能力的。20世纪80年代，他就意识到国内唱片业需要更先进的管理方式，三十岁去日本留学，学成归来，在1991年与台湾飞碟唱片合作成立普安唱片公司，又创立天星唱片和万森文化，第一个在内地推行歌手签约制，签约了很多知名艺人。后来转做影视，五十岁时敏锐地发觉《武林外传》这部"打着武侠反武侠"的作品的独到之处。

卡伦·霍妮在《我们时代的神经质人格》中说："努力追求权力、声望和财富，意味着不是通过增加与他人的接触，而是通过巩固自己的地位从而获得安全感。希望占优势、赢得声望、获得财富，任何一个本身都不是神经质倾向……对权力的正常追求是出于自己的优势，而权力的神经质追求是出于自己的弱势。"艺术家必然要经历那样一段时期，发现自己的创作能力减弱，发现自己在台前的接受度下降，必须以别的方式巩固自己的地位，获得安全感。苏越正是如此，他的选择毫无值得诟病之处，他的追求，也是出于自己的优势——他选择了做一个文化商人。

但文化人，胸前、额前，都写着大大的红字——他们是异端，他们是在某方面被阉割和重组过的人，发生在他们身上的一切，都得换个眼光打量，就像发生在林黛玉身上的一切都得加上尖酸、小心眼的限定。网络流传的段子说"跳楼生还的可能性是2%，创业成功的可能性是1%"。这话缺少统计学上的精确性，既没有结合几楼跳下、风力状况、个人体质等因素分别进行分析，也没有对"创业成功"加以时间上的考量，只是对创业艰难的调侃，说明创业路之险恶。

这种险恶是普遍发生的，但文化人却往往被摘出来，单独进行宣判：你，没有这个能力。尽管我们可以像中学生议论文那样，在刘晓庆和方宏进后面，列举出谢霆锋、李静、姚明、李宁，尽管文化人或者明星是否更容易经商失败，并没有统计学上的报告，但文化人往往被排除在统计学之外，单独进行印象管理。

人的被标签化，常常让人无奈也不耐。张爱玲一直被当做"小资"祖母，尽管她写了《秧歌》、《赤地之恋》。凡·高就是从艺致贫死后扬名的经典范例，尽管有更多的艺术家在生前就富贵荣华。他们得接受自己世界之广阔，也得接受被遮蔽到狭角；得接受荣耀，也得接受被羞辱。

我感叹的不是苏越之沦陷，甚至也不是人在某些时候被标签化，而是人的一叶障目，人的宁愿被一叶障目。在成见面前，世界如此简单，在这种简单面前，到处都是标准答案。

草叶

　　谢天笑因 2.68 克大麻被拘留，摇滚乐迷调侃他："仅三克？有负摇滚新教父之名。"多少合适？"怎么着也得三斤吧！"

　　软硬毒品和娱乐圈中人尤其是音乐人的关系千丝万缕，普通群众无法理解，提出"寻找灵感说"，音乐人们载欣载奔地默认——中国人崇尚实用，功利点儿的动机，有助于减轻罪恶感——灵感高于快感。在音乐人吸毒被抓的视频上以及向公众致歉的声明里，他们一律顺水推舟地把吸毒原因归为"误听传言寻找灵感"。即便找到了理由，三斤还是太多了，尤其对于大麻来说，三斤有驴饮之嫌，三克和它的身份比较相配。

　　许多事物的吸引力，不是来自它本身，而是来自附加上去的那部分。大麻就是如此，它的魅力来源复杂而炫目，它包括了巫术、印度、梵文、巫师、灵学、六十年代、反战、嬉皮、摇滚乐、雅皮等关键词。先不论它危害身心的程度轻重，单是这些符号，就使它从粉头群中跃出，有别于大烟之类——那是得斜倚在榻上，由太阳穴上贴着膏药的病夫用烟枪享用的。《美国往事》里，跑路的人就会躲到鸦片馆去，在恍惚迷离的音乐里，由瘦削的黄种人给他送上关切的微笑。背后的潜台词显而易见：他们竟然在这样一种欠缺美感的事物里寻找乐趣，只有败坏的白人，才和这样欠缺美感的事物发生联系。

光有美感，还不行，还得配上禁忌，才能构成更大的魅力来源。许多大规模人群不可撼动的行为习惯，背后可能只有纤细的心理原因做支撑。大麻的一部分吸引力，恐怕在于它是被禁止的。2009年，香港两位艺人因携麻在日本被捕的事件，可以说明这一点——他们在一家通宵杂货店内行窃遭遇店家报警，警察随后发现他们携有大麻。

通宵杂货店啊！有啥值得下手偷的？周润发不解地说："偷什么呀，值不值得？又不是几亿钻石！"黎小田也万分惊讶，其中一位甚至都不抽烟，却会牵涉到这种事情里。因为，香烟不在被禁止之列，而被禁止让偷窃和大麻有了附加值，值得一试。所以，2009年年初，英国贝克利基金会的科学家发表报告说，大麻的危害很大程度上来自被禁止，包括高昂的社会执行成本，包括对因此入牢的青年人的前途的影响。荷兰人知道这一点，他们放松软毒品管制，"消除了药物使用者的反抗性，通过去道德化的方式降低了此类精神体验的文化属性"。

中国普通人对大麻的态度要宽容些。从同志到 SM 到大麻，中国人的态度，都是轻松而含混。这种态度，也许是因为社会框架还没完成，约定俗成的眼光还没成型，与性和心灵有关的部分，有待将来慢慢琢磨。

老外不这么看，菲尔普斯吸大麻事件曝光后，请菲尔普斯担任代言人的马自达公司，专门安排他给中国人道歉。他们大概没到中国西北的乡野来看过。西北的田野里，有大量野生或者人工种植的纤维用或者非纤维用途的大麻，西北的面馆乃至庭院，也少不了这碧绿植物。它的气味能招来大量蜜蜂和蝴蝶，而且是那种较为罕见的大花蝴蝶，适合做庭院点缀。植物旺盛、雀鸟成群，也往往会提高一户人家的美誉度。

离此种植物这么近，要获取也如此容易，西北的老百姓，却并没因此纷纷成瘾，大麻背后那些神啊巫啊的文化属性，对他们不起作用。犯禁和触犯刑律，在乡间也不是光彩的事，并不会使当事人显得酷一些。没有禁忌，没有了附加值，那也就是一棵能招来蝴蝶的植物，没人愿意多想它。

倒是专门去告官的人显得太慎重了。众多娱乐圈吸毒事件里，都有这些"Serious Men（严肃者）"的身影崇动。满文军被抓是在私人聚会上，张元是在工作室，含笑是在自己家里，都属较为私密的场所，却能遭遇精准打击，非近身的关系，做不到这点。中国人历来认为，"发人阴私"是有争议的行为，中国法律传统中，有"亲亲相隐"之说，西方人也提出"至亲不举证"。所以，满文军事件后，被怀疑是告密者的某女明星，努力证明此事与自己无关。但将来，我们照旧能看到这种精准打击，从那种确凿无疑里，拼凑出一个剪影，他们并没现身，却是真正的主角，也是这类事件里，让人深思的一环。

巨星

迈克尔·杰克逊的去世，曾被当做"巨星时代"的结束，Lady Gaga 的亚洲巡演，总算让人窥见巨星时代的一点尾声，尤其香港这站，更使人感觉贴身的振奋。演出门票发售前四天，即有露宿等待购票者，放票当日，18000 张门票一个半小时售罄，网上随即出现高价炒票者，甚至引得警方商业罪案调查科出动。

歌唱巨星，有硬指标——唱片及音乐录影带销量、排行榜名次及停留时间、上榜歌曲多寡、格莱美等音乐奖奖项、MTV 音乐录影带奖奖项；有软指标——能否输出价值观、贡献风尚符号，能否在津巴布韦或者更偏远、更封闭地区收获回声。做到巨星份上，就有点像病毒，让人仅凭生物性的感应就能知道他或者她的存在，让黄土高原腹地的民乐班子，也会下意识地改编一首《Bad Romance》在婚嫁时候进行演奏。这种巨星，以前有的是，2000 年后，渐渐稀少，Lady Gaga 已经是不可能之中给出的安慰，从

Lady Gaga 往后看，再不见来者。

　　"巨星时代"，不是平白出现的，成就这个时代的，是舞台技术和传播术的进展。Lady Gaga 之所以能够区别于比莉·哈乐黛，成为巨星而非"伶"，全凭了这两尊现代神的日渐壮大。"伶"，是近距离的演出者，是"当面受役使的音乐人"，得在榕树下演，在井水边演，在酒楼上演，在画舫上演，听命于两米之内凝视者的现场点播。比莉·哈乐黛的演出场所略好一点，也不过酒吧、夜总会和剧场。这种近距离的关系，这种有限的传播，意味着较少的收益，意味着近身的轻慢，意味着金钱和性的压榨，意味着演出者毫无神秘感。而神秘感，是造星造神的必要条件。人的等级，有时候，是凭借被凝视时的距离和角度来标记的。

　　比莉·哈乐黛还算幸运，她后期常去欧洲演出，最后一次公开露面，是在 1957 年 CBS 的特别电视节目《爵士之声》(The Sound Of Jazz)之中，电视时代已经全面开启，尽管那个时代已经不属于她。而从前的艺人，等了整整两千年。两千年时间，始终在被人近距离凝视真身的龃龉中打转。

　　古希腊罗马时代就有剧场，规模都不小，但照明和扩声问题始终没有解决。19 世纪，爱迪生发明电灯，电灯时代开始。20 世纪初，美国人德福雷斯特发明真空三极管，电声时代开始。然后是电子管、晶体管、集成电路，舞台扩声和声音失真问题日渐改善，舞台越来越大，为适应越来越大的舞台，电声乐队逐渐出现。

现在，是时候制造巨星了，制造巨星的心得慢慢明晰起来——远一点儿，再远一点儿。让一个人成为明星，首先得让他或者她弃绝成为普通人性对象的可能，让他或者她从近距离凝视的范围里消失。制造明星，要从制造性难度开始，从改变凝视的渠道开始——得被传播术抬举，得从某个传播终端被看到，而不是亲身出现在两米开外。舞台技术和传播术，满足了远和难这两个重要条件，传播术可以无限复制声音和图像，无孔不入地传播，电台节目、MTV……"巨星时代"于是来临。

　　华人的巨星时代，晚了二十年。20 世纪五六十年代，歌手还在近身的人际关系中兜兜转转，登台的场所，无非夜总会、酒吧和餐厅。《潮——来自台湾的歌声》的制作者赵晓君，曾经满怀辛酸地回忆过登台被骚扰的难堪。

　　1975 年 4 月，经过日本娱乐业洗礼的欧阳菲菲，在香港的"利舞台"举办了个人演唱会，邓丽君和罗文紧随其后，在 1976 年先后登上"利舞台"，罗文在"利舞台"一连唱了 15 场。20 世纪 80 年代，伊丽莎白体育馆和红磡体育馆先后建成，都以许冠杰的个人演唱会开场。从此，艺人从秀场挪到了大型场馆，明星替代了"伶人"，"巨星时代"降临。能否有资格登上并且 Hold 住大型舞台，成为明星级别的分水岭。每当邓丽君和凤飞飞的歌迷照例进行谁更红的争论时，邓丽君的歌迷，都会不无得意地说，即便在凤飞飞的盛年，她也没有在大型场馆演出的记录。

科技造就巨星，科技也在消灭巨星。网络下载使得实体唱片销量萎缩，尽管数字音乐市场缓慢扩容，但造星业已经遭遇重创，失去了从前睥睨众生的自信。网络和电视的发达，城市生活的损耗，也改变了人的习性，宅居渴望上升，公共生活渴望下降，类似 Lady Gaga 巡演的待遇，已经越来越少出现，为 Lady Gaga 伫立中宵，或许是成年人最后一次远足记忆。

那些恢宏的舞台也正在进入记忆，成为未来的传说。地价攀升，令大型舞台成为奢侈品，例如"利舞台"，早在 20 世纪 90 年代就变成了"利舞台广场"。科技也及时地追了上来，已经有公司开发出了看 3D 电影的头盔，在家看演唱会也已指日可待。没大舞台也不要紧，小小的演播室，加一点儿特效，就可制造出巨大舞台的效果。所谓"巨星"，所谓"人"，或许已经不是这个新舞台的必要条件。这个世界，正在"没有我们而自己变化"，并终将"变化到不需要我们"，京特·安德斯这么说。

附录：从伶到星

要向现在的年轻人说明罗文的巨星身份，已经有点难度了。

明星不是雅典娜，并非一落地就全副武装。罗文时代之前的华人歌星，更接近"伶"而非现代意义上的"星"，演出的地点，多半是夜总会和秀场，即便出唱片、上综艺节目，最后还得落脚去秀场演唱。客人骚扰，得忍着；敬酒，得喝；演出结束后的应酬，得去。"伶"意味着要在近距离被看到、被驱使，在近距离的人身关系里周旋。所以，后来的"星"的粉丝们，嘲笑起那些半星半伶时代的歌手时，所举的例子，不外他们的饭局逸事或者在秀场的荤素不忌。

20世纪60年代末，华人歌星开始由"伶"过渡成"星"，舞台越来越大，传媒日渐发达，可以在歌者和听众或者观众之间制造一个适当的距离，可以让歌者适度摆脱与人群的短兵相接，也照旧能获得收益。罗文就在此时组建乐队，在此时开始为电影或者电视剧演唱主题曲，渐渐获得掌握大舞台的能力。

"星"与"伶"的不同，不只在于他们的舞台规模大小，与人群距离的远近，还在于他们有自觉意识，不再随波逐流，可以带动一方文化潮流。"由华入洋"也好，粤语文化成为主流也好，都需要具体的、有影响力的人来启动。许冠杰、罗文在当时所担任的，就是这一重任。他们是粤语流行曲的整理者、提升者，令粤语歌从形式到内容，都焕然一新。《家变》唱人生哲学，《小李飞刀》之类的影视歌曲，让粤语歌从古意里汲取诗意，酿成一种独特的曲风。粤语歌的听众，从工厂妹工厂仔，拓展到所有人。罗文正是由此成为"巨星"，他的舞台风格，妖冶也好，华丽也罢，都是这种丰沛自信基础上的产物，是在艺人由"伶"转"星"之后才能出现的新境界。

而怀念罗文，或者怀念别的明星，到底是在怀念什么？每次想到这个问题，立刻想起帕索里尼的电影《索多玛120天》中的片段：世界上的一切事，以更浓缩集中的方式在城堡里上演的时候，女钢琴家在旁边弹钢琴，她有时自得其乐，有时和场景配合。最狂暴的一幕到来时，她照旧履行职责，认真地弹奏钢琴。琴声和现实的高潮一同结束后，她丢下钢琴，走到窗前，没声没息地跳了下去。最好的时代，最坏的时代，都有艺术家在旁边履行职责，为的是让整个场面多点响动，让时代与时代实现无缝衔接。

　　罗文时代，是香港最好的时代，也是最坏的时代。崛起带来精神上的沸腾，也未必不意味着更多的紧张和压迫。罗文献出的歌声，罗文的形象，他的轶闻，给这个既好且坏的时代带来声响，覆上香氛。十年时间，他的意义更清晰，他身后的那个香港，也终于在我们心中的神龛里慢慢成形。

苍井空

苍井空已经成了一种象征。她刚在推特开了微博，就有人发出线报，中文推特界随之沸腾，于是造就了 2010 年 4 月 11 日的"苍井空之夜"。网络大佬们连夜振臂高呼，网友连夜翻墙加关注，她的关注者在几天内迅速从 2000 人增加到几万人。她做出要把脱掉的衣服一件件穿回来的表示，久游网旗下网游《勇士 OL》便要她当代言人，邀请她参加《勇士 OL》发布会；刚刚改版开播的青海卫视打算邀请她上节目，谈论女性情感。总之，大家都在《想起苍井空》——香港歌手李嘉强的歌，甚至高高兴兴地称她为"苍老师"。

苍井空的好处在哪里？童颜巨乳只是寻常，她还妙在轻盈。宫部美雪的社会派推理小说《火车》，讲述日本泡沫经济崩盘之后，欠债家庭女性的最后下落，她们或者抛弃从前的身份四处逃亡，或者在风月场下海。AV 达人"一剑浣春秋"的博客，也在印证这种惨境，每每说起女优下海拍

AV 的因由，"还债"总是频频出现。苍井空没有这么苦大仇深，她起初不过是贪一点儿零花钱，在成人电影星探遍布各种车站的日本，这点小贪恋马上就会被发现，随之而来的，就是大诱惑。

这个行当如果一定需要一个代言人，就得是这种身世素白轻盈的，以配合这个行业的日益非罪化——以前是法律上的，现在是心理上的。Mew 这样的女优就无法担此重任，她的资质平常是一方面，更重要的是，她来自一个崩溃的富豪之家。从前，她家的玄关和客厅之间甚至有条小河；现在，她是面目模糊的企划女优。这种时运不济、被人世惩罚的女性，显然太"重"了，而人都喜欢"轻"。

当然，日本硬色情电影的身份，也在变"轻"。20 世纪 80 年代，从粉红电影、Roman Porno（罗曼情色电影）撑大的空间里，AV 豁然跃出。30 年时间，AV 的口味越来越重，身份却越来越轻，这得归功于日本 AV 对欲望精微之处的剖解。片长，是一场性事或者自渎的长度；光与影与场景，有平常生活的涩与杂乱；过程，处处照顾观者的心理感受，起兴、癫狂和事后的感伤失落全都不缺，而在此基础上，又分出明媚、阴郁或者污秽的类别，应有尽有。

一件事物，美起来了，自然就合法了，美感，是合法性的前提。而那背后，是日本色情业的精工细作，在美国摄影师 Joan Sinclair 笔下，东京的色情俱乐部"实在是太令人惊奇了"。"那里有火车俱乐部，你可以随便摸里面的任何一个女乘务员。还有假医院，在那里客人可以躺在床上接受没穿内裤的护士们的'招待'。还有'性骚扰'办公室，在那里男人们可以把丝袜从他们的女秘书身上扯下来。"欲望，被最大限度地照顾了，所以有人说，日本的色情业，是在"向人类致敬"。

但对我们来说，苍井空所在的那个行当，根本就不存在。《勇士OL》发布会的新闻通稿里，苍井空被称为"日本影星"，发言人一再强调她的形象健康正面。苍井优的粉丝看到这条新闻，恐怕会更不高兴了，他们和苍井空的粉丝的互相攻击，已经有些时日了，只因为，他们的偶像都是各自领域里的"女神"，而且都叫"苍井"。现在，苍井空居然摇身一变成了"日本影星"，这还了得。

我们甚至愿意假装欲望是不存在的，不存在的事物，自然不能对它有所要求，尤其是不能要求它有美感。《性书大亨》中，拉里·弗林特有这样的认识："使性爱性感迷人是一项十亿元的大产业。"这个产业，是工业也是精细工业，得处处照顾精微而娇嫩的身心感受。

我们那些以偷拍流出、隐私外泄流传于世的影像，显然做不到这点。它们之所以不美，是因为没经过"文化的调节与塑造"，有种久经压抑之后的粗鄙，它的来历和传播方式，也使观者背负罪责感。对苍井空的那种夸大了的向往和热情，就是对这种粗鄙的鄙视，和对这种罪责感的逃离。显然，距离美和"轻"，我们还有很长的路要走。

女文青

刘若英宣布结婚，人们最关心的是她丈夫钟小江的富有程度。最后，从各种传闻里拼凑出的结果是，钟小江任职财经界，以本名注册的两家企业之一，是长三角实力最强的物流公司。但争论并没因此结束，接下来的重点是，拥有这些产业的人，应该有多少钱？结论是，在盛产大鳄的江浙，不在最强之列，人们于是松了一口气。

女明星最后好像都嫁给了富豪，但人们并非对所有女明星都怀有这种期待，去年到今年结婚的女明星里，有那么三位，人们希望她们更有追求：林嘉欣、刘若英、莫文蔚。她们是女明星里独特的分支：文青式女星。

而她们最终也不负众望。林嘉欣的丈夫袁剑伟，比林嘉欣年长近10岁，家境优越。在加拿大修过电影和心理学课程，1991年返回香港，进入无线电视台，后来离开无线，拍广告，拍MV，1999年又和友人一起创业，成立广告公司，业绩不俗。莫文蔚的丈夫是她的初恋男友Johannes，德国人。1987 年，两人在意大利读语言学校时结识，在学校相处了一年多，后来因为莫文蔚回港而分手。2003 年 6 月，莫文蔚到柏林拍电影，在同学会上和 Johannes 重逢，此时，他已是三子之父，在德国从事金融业，2009 年，两人复合，Johannes 向莫文蔚求婚，2011 年 10 月，他们结婚。

几桩事的关注要素都不是金钱，男方虽然富有，却也不是那种遮蔽其余一切条件的富有，双方的情况，甚至还有点不对等。有两位男士年龄偏大，甚至拖儿带女。但他们都有文艺特长，袁剑伟曾是导演，钟小江喜欢摄影，微博上展示的作品，有一种冷峻的调子，并不甜俗。这个结果，和三位女星此前的择偶标准保持了高度一致。

三位女星的形象要素也非常接近，在演艺圈立身的资本不全是相貌，都拍过文艺片，曾受金马奖或金像奖青睐，有创作才华。莫文蔚的专辑《拉活》由她自己作曲，刘若英的新书《我的不完美》上过畅销书榜前几位，而林嘉欣在加拿大和法国学过摄影及建筑，对陶艺兴趣浓厚。

在明星研究学者理查德·戴尔看来，这类要素无足轻重。他认为，明星其实是一个文本，创造一个明星的方式，和创作小说没有什么两样，他甚至用亨利·詹姆斯和 E.M. 福斯特的小说理论，去解读明星。可一旦女明星向着女文青的方向做出自我呈现的努力，她们就终将成为她们要成为的那个人，哪怕，只是在一个文本的层面上。

从理论上来说，女明星都应该是女文青。但女明星们，并不是一开始就有机会成为现代意义上的文艺青年的，这个定义里，包含了文艺鉴赏能力、创作能力以及和世俗保持距离的能力。

20世纪三四十年代，少有文艺气质女明星。明月歌舞团像个戏班子，最早的电影女演员，许多来历可疑。那个时代的女明星官方传记，配合野史和笔记读下来，真是步步惊心，哪怕传主是胡蝶这样的一代巨星。20世纪50年代之后，女明星又向着另一个方向走去，更难得文艺。一位老记者曾在随笔里写过自己采访某位大明星后的幻灭感，大明星经常在银幕上扮演女知识分子，神采奕奕，甩围巾的动作异常潇洒。但在采访中，她却兴致勃勃地拿出一个小小的红色笔记本给他看，表示自己也热爱读书，小本子上抄录了许多名人名言，错字连篇。老记者在文章的后半段，悄悄改了对曾经的偶像的称呼，他称她为老太太。

20世纪90年代，我曾在电视节目里看见了台湾60年代最知名的几位女歌手，整个节目，是在男主持人夸张地抚弄嘉宾的手和大腿以及打情骂俏中完成的。在娱乐圈完全是江湖的时代，在姚苏蓉、邓丽君、苏芮、赵晓君还需要在夜总会登台的时代，娱乐圈不可能有女文青容身之地。

变化慢慢到来。以台湾为例，民歌运动和文学运动改变了娱乐圈女星的来源和构成，大学生和留学生开始大批进入娱乐圈，电视台演播厅和体育馆成为演出场所，使明星和观众之间有了距离。第一代女文青张艾嘉、蔡琴开始出现，甚至苏芮也成功转型。稍后，杨慧珊转身做琉璃，伊能静在做偶像的同时开始写小说。女明星从以前的飘浪之女，向着职业女性身份靠近，她们甚至有了余兴余绪，可以写写画画。

内地晚了许多，不只是因为经纪公司和明星本人都不知道如何才算文艺，更因为，群众也不文艺。如果某个艺人经纪公司肯把女明星的宣传文字外包给我，让我替她拟一份文艺点的自白，我恐怕也只敢写：最喜欢的女明星张曼玉、梅丽尔·斯特里普；最喜欢的作家张爱玲、杜拉斯、德波顿；最喜欢的小说《红楼梦》；最喜欢的电影《新桥恋人》。要想写得深邃点，或者惊世骇俗点，也不是不能，但如果在"最喜欢的作家"后面写上萨德，"最喜欢的小说"后面写上《格雷的五十道灰》，群众恐怕不答应。

明星所面对的群众，是个虚拟的平均人，是去掉最精英和最底层后，将所有人的智识、鉴赏力进行平均的结果。她或者他，只能比这个平均人文艺百分之十，大胆百分之十，再多一定翻船。明星形象都是塑造的结果，但如何塑造，要看公众脸色。明星和群众一起成长，有什么样的群众，就有什么样的明星，他们的文艺指数，和群众大盘同起同落。

那些成功的文青式女明星，于是成了新身份的象征，她们和金钱、和男性的关系（哪怕是以歌曲和电影的形式表现出来的），是这种身份最重要的内容。刘若英唱过《为爱痴狂》、《成全》，演过电影《征婚启事》（冯小刚电影《非诚勿扰》的母本）。电影中的医生杜家珍在男友销声匿迹后，在报纸上刊登了一则征婚启事："生无悔，死无惧，不需经济基础，对离异无挫折感，愿先友后婚，非介绍所，无诚勿试。"

这个启事里，所有的元素都有了。人们需要文青式的女明星们做些什么，需要她们弘扬些什么，也非常清楚了。她们其实得是这样一群人——独立，和世俗保持距离，在资源日益匮乏的时代，抢在新《婚姻法》强调女性的分享者地位之前，率先放弃分享权。

加拉泰亚

　　2011 年 9 月 11 日下午 15 点 30 分，贾樟柯与赵涛同时更新微博，宣布结婚，并附上在威尼斯拍的婚纱照。之所以选择威尼斯，是因为马克·穆勒执掌的威尼斯电影节所在地是两人的福地，贾樟柯导演、赵涛主演的《三峡好人》曾获得第 63 届威尼斯电影节金狮奖。而几天前，第六次参加威尼斯电影节的赵涛接受记者采访，大方地说："我非常幸运的是遇到贾樟柯导演"——十年来，类似的表态已有多次。

　　如果赵涛没有遇到贾樟柯，现在的她，会是什么样的？这已无法设想。她 18 岁考入北京舞蹈学院民舞系，20 岁毕业，回到家乡，在太原师范学院当舞蹈老师。别的老师的生活，给她的未来提供了样板："大学生活非常安逸稳定，把人磨砺得像个圆球。没有任何想法没有任何想象力，就是按部就班工作回家，把人的斗志完全磨掉。整天在钩心斗角的环境中，今天这个要评职称，明天那个要评职称。"接受《南方人物周刊》采访时，她这么说。

"幸运的是遇到贾樟柯导演。"贾樟柯到赵涛所在的学校，为自己的电影《站台》选演员，看中赵涛，坊间传说是，赵涛当时满怀疑虑，经过游说方才同意。《站台》拍完，赵涛的生活开始改变，她大量看电影，逐渐适应演员这个角色。不过，师范学院的工作并没敢丢，整整五年时间，她试图平衡两者关系，边拍戏边当老师。到了《三峡好人》，她作为电影演员的生活前景已经完全明了，才离开了学校。

外界对她的态度同样小心翼翼。她会否是下一个魏敏芝，生活轨迹只是被电影改个道，短暂的电影往事成为生活最强音？她被打量着、揣测着，直到《三峡好人》获奖，直到她主演了安德烈·赛格亚的《孙丽与诗人》（意大利发行时名为《我是丽》），直到意大利帕多瓦市市长称她为"属于威尼斯的中国女神"。她走红毯时的表现终于被媒体评价为"惊艳全场"，身穿湖蓝色长裙的照片大量出现在媒体上。她不再是地下的、暗淡的、前景未明的，人们开始探讨她的演技，以前夸赞过张曼玉、林青霞的同一批人，开始认为她"美"、"有气场"。

然后，是来自威尼斯的婚讯。

这是另一个加拉泰亚的故事：希腊神话中，擅长雕刻的塞浦路斯国王皮格马利翁，爱上了自己倾注全部精力、热情、爱恋雕塑出的美丽少女加拉泰亚，每天凝望、痴守，倾注思念及爱慕。终于感动爱神阿芙洛狄忒，她于是赋予雕像生命，让加拉泰亚成为皮格马利翁的妻子。这个故事的潜台词是，一个人对另一个人的塑造、影响，一个人对自己塑造和影响的结果产生了感情。当然，这种塑造和影响，也未必是单向的，赵涛对贾樟柯电影气质的影响，也在同步发生，所以她也有底气，拒绝被当做贾的"御用演员"。

电影导演，都得有一个或者几个加拉泰亚。如卓别林和埃德娜·普尔维安斯、米尔德丽·哈里、莉塔·格雷、琼·布理、宝莲·高黛，她们同时是他电影和生活的女主角；还有让·吕克·戈达尔和安娜·卡莉娜，弗朗索瓦·特吕弗和芳妮·阿尔丹。他们让她们，变成了我们看见的样子，包括头发和眼睛的颜色，在故事中的位置。电影提供了塑造的理由，监视器改变了观看的方式，在监视器后那个人的凝视之下，她们的某些特征被放大，他们的想法被植入。所以，精神分析学家 D.W. 温尼科特曾提出一个问题："我发现了你，还是我创造了你？"

加拉泰亚是一张纸，一块泥，是一个受体，是一个可写性文本，即便是同一个加拉泰亚，在不同男性的凝视和塑造之下，也会被染上不同的颜色。林忆莲曾经是陈辉虹、冯镜辉、许愿、Dick Lee、伦永亮、李宗盛的加拉泰亚，"在冯镜辉的眼里，她是娇嫩的甜妹妹；许愿的手中，她是不羁的都市女子；李宗盛的笔下，她是哀怨的黑夜恨妇。"

这种关系里，强弱关系始终存在，有依附、有恩惠、有仰仗。皮格马利翁一旦撒手，加拉泰亚往往惶然四顾，甚或万劫不复，就像离开区丁玉的陈慧娴，被陈佳明避之不及的许美静，他们一撒退，她们的偶像表皮立刻开始剥落。更触目惊心的例子是伊迪·塞奇威克，在她成为安迪·沃霍尔的"工厂女孩"，并且给沃霍尔的事业填上一个浓艳深邃的形象后，她遇到了鲍勃·迪伦。要知道，安迪·沃霍尔是借助她来实现自己的性魅力假想，就像东方不败借助诗诗实现自己的身体幻觉，这个幻觉一旦破灭，她的功用也就完全消失，安迪·沃霍尔立刻冷酷撒手，她随即堕入深渊。

而在千人万人中间，可能还有千万个加拉泰亚在等待她们的皮格马利翁。所有的男神女神，吟唱的其实都是同一首歌——机遇之歌。而发现和创造之间，其实并无明确的界限。

新星系

不知杨幂对天涯网的"娱乐八卦"论坛观感如何。即便在她以 3596 万元的年收入，进入《南都娱乐周刊》"2011 年娱乐圈青年富豪榜"，并成为总榜第四、内地榜第三，成为腾讯 2011 年十大娱乐热点人物第一名，排在范冰冰、刘德华、大 S、王菲、赵薇、莫文蔚、李宇春之前的时候，天涯"娱乐八卦"论坛的新贴依然在扯她的陈年旧事：在北京第十四中就读的往事，整容嫌疑，竖中指照，与霍思燕的暗战等。

面对名人时，内地传统媒体多和谐粉饰，网络媒体多冷面讥讽，更接近西方媒体对名人的直言耿见，这不足为奇。何况，杨幂并非横空出世的红人，她的前进之路清晰可见，童星——平面模特——北影学生——电视剧明星，身后有职场式奋进史的明星，最容易成为八卦消费的对象。

四岁出演电视剧，六岁因为《猴娃》引起李小婉注意，耐心地等她长到十六岁，并把她签进了荣信达。这之前，在时尚杂志担任平面模特的经历为她在小范围内积聚了人气——人们愿意关注的，就是这种有着邦女郎式神秘感的、惊鸿一现的俏丽女郎。那种关注里，有私属之感，有发现之悦：她是我看见的，我发现的，是我私人的灰姑娘。这种私属之感，甚至会让有相近感受的人结成同盟。《神雕侠侣》里的郭襄，延续了这种私属式愉悦，并成为她早期最重要的角色。

给杨幂带来极大争议，甚至被视为她演艺生涯拐点的，是李少红版《红楼梦》中的晴雯形象（并非角色）。定妆照发布后，她两颊的变化引起整容猜疑，她回应说，脸型变化是因为拔牙。但"变残"结论随即出现，媒体制作"整容失败明星"专题，总不忘把她拉扯进去。传言愈演愈烈，2011年，宣传《孤岛惊魂》时，杨幂戴口罩出场，把传言推向顶峰，杨幂所在的经纪公司美亚娱乐，不得不发声明辟谣。

这个过程并不完美，其间的曲折、艰难完全暴露在我们眼里，这个形象也并不完美，和20世纪八九十年代那些横空出世的超级明星相比，欠缺一点儿风华。但大量的媒体资源还是堆积在了杨幂身上，她的爆红速度，只有当年的赵薇可以相比。因为，当时正是这样一个时刻，华人娱乐中心的交接已经进入最后阶段，北京的新娱乐中心地位，需要许多产自内地、有影响力的明星来巩固。

20世纪初，华人的娱乐中心是上海，战争结束后，上海娱乐业从业者南下，让香港迅速成为新的娱乐中心，此后五十年，这个地位牢不可破，提起"娱乐圈"，就等于"香港娱乐圈"。即便台湾娱乐圈，在香港人眼里，也上不得台面。台湾是娱乐圈失势者（例如李翰祥、施思）的避难地，是落伍之地，台湾明星出场时动辄一身白的作风，一直是香港媒体嘲笑的对象。20 世纪 90 年代后，华人电影业和唱片业衰落，明星新陈代谢速度减慢，"娱乐圈"又几乎沦为"香港老明星娱乐圈"——成龙、周润发、刘德华、梁朝伟、张曼玉、刘嘉玲，始终是"最具票房价值艺人"，占据媒体大部分版面。

内地娱乐圈，一直被香港娱乐圈的风光遮蔽。尽管 2004 年开始发布的"福布斯中国名人榜"上，位居前十位的多数是内地明星，但这个排位的主导因素是收入，他们的收入，与市场容量关系密切。真正具有影响力的，还是香港明星和香港导演。而内地的娱乐资本，急切需要成本较低、容易调动、谙熟内地规则的艺人。

终于，内地电影市场回暖，香港电影衰落，"北上"成为大势所趋。与此同时，湖南卫视崛起，选秀节目兴盛，内地明星为主力的新星系成型，内地年轻明星成为消费对象。"2011 年度腾讯娱乐指数"和"2011 年娱乐圈青年富豪榜"的主力，搜狐"娱乐圈 100 张新面孔"力推的优异表现者，多数是内地明星。

杨幂身后，还有佟丽娅、刘诗诗、林更新、张翰、周冬雨、窦骁、戚薇、甘婷婷、秦俊杰……与新星们一起出现的，是正在成为新娱乐中心的北京。这个过程，和杨幂的成名之路一样，有着职场渐进式的艰难，但毫无疑问，它会在未来变得完美，会在回头看时，被赋予风华。

盛女

　　节目是由 TVB 前总经理陈志云策划的：先由专栏作家 Winnie 代表电视台节目制作组在论坛发帖，以"送你一场恋爱"为题，征求真人秀节目参与者，五位女性入选：Suki、Florence、Bonnie、Mandy 和 Gobby，年龄在二十八到四十岁之间，既有快餐店经理，也有高收入专业人士。再由制作组安排人生导师、婚姻顾问、美容化妆师，对她们进行改造——从谈吐、仪态、着装到心理状况，甚至不惜借用医学美容手段。与此同时，节目组带领五女"上天、下海，到俱乐部，到舞厅，走遍全香港结识男性"（节目旁白），并全程跟拍，整个过程历时半年。

　　最后形成的节目名为《盛女爱作战》，在零宣传的情况下，于 2012 年 4 月 9 日 22:30 在翡翠台播出，平均收视 26 点，最高达 29 点，最多时有 183 万观众同时观看。播出两周后，五位"盛女"成为全城话题，登上《明报周刊》、《东周刊》、《东方新地》、《壹周刊》封面，狗仔

24 小时跟拍，将她们的身世情史翻了个底儿掉，连几位人生导师婚姻顾问也成了爆料对象，曾整容、曾做男公关，自己婚恋失败却要充任导师……

Anti 力量同时出现，梁文道、精神科医生曾繁光、香港中文大学副教授蔡玉萍等学者，举行记者会抗议《盛女》，认为节目灌输"嫁不出去就是失败"观念以及"单一美丽的定义"，现场甚至出现停播节目的呼声。同时，因为"盛女"自 4 月 12 号开始，一连七天登上香港商业电台《光明顶》节目，引起不满。听众认为，她们不够格上这个节目，呼吁"还我光明顶"。

"把'剩女'唤作'盛女'，当然是神来之笔，扭负为正，简直是逆转胜的文字精品"，马家辉先生这么说。但"盛女"并非 TVB 首创，2011 年稍早，就有电视剧命名为《盛女的黄金时代》，李冰冰主演的电影《我愿意》，更是将"盛女"作为题眼及主旨，尽情演绎。《盛女》也不是香港同时期唯一一档相亲真人秀，2011 年年底，亚视推出了陈启泰和甄咏珊主持的"港版《非诚勿扰》"——《挞着》，但真正让全城瞩目的，还是《盛女》，在适应水土上，《盛女》显然更胜一筹。

《盛女》在内地悄没声息，因为内地此前已有《非诚勿扰》和《百里挑一》、《我们约会吧》；也因为南北隔膜，《盛女》提供了话题性，却不是内地观众需要的话题性，《盛女》的价值观，不是内地人的价值观，香港学者眼中意识不良的《盛女》，在内地人看来简直是恬淡的。

内地相亲节目的核心价值观是"青春"，嘉宾务必年轻貌美，万一年龄不小了，也常常拥有另一种补偿剂——财富，VCR里最乐于出现的是豪宅和海外生活掠影。"盛女"的年龄却普遍偏大，相貌身材也多半平平，生活场景是日常的、琐碎无光的，即便海归"三高"女，也得寄居在亲戚家里，房间里只得一床一柜，因为没有自己的房子，想哭都得出门才哭。两种背景，自然影响到当事人的言论，内地相亲节目流传出的嘉宾格言，横空出世睥睨众生，"盛女"的格言，却随波逐流低眉顺眼，看人得四十五度角，得"听话、不驳嘴"。

内地相亲节目得是戏，是社会现象展演台，是人间喜剧，是浓烈艳色，是凶狠的两性搏杀。像一出《仲夏夜之梦》，正适合当下兴致勃勃的、被大拆大建搅了心神，撸着袖子跃跃欲试的内地人，这种兴致勃勃是青年式的。

的确，对内地人来说，这是一个属于青少年的时代。刊登在1945年《纽约时代杂志》第一期上的"青少年权利法案"十点纲要正适用于此时："忘记童年的权利；决定自己生活的权利；犯错误的权利，自己发现错误的权利"以及"停留在浪漫年龄的权利"。相亲节目，也得应时而变，得给够浪漫年龄的一切幻象。尽管，在复旦大学教授顾晓鸣看来，相亲类节目"应该是连接青春期和家庭之间的桥梁"，但内地相亲节目，恰恰是反着来的。

《盛女》之类，却属于激情过后的港人，像新闻，像纪实摄影，略带疲倦感，虽然也是"相见欢"，却是千疮百孔的"相见欢"。几个导师殚精竭虑，为的是催促几个已经足够惶惶然的女人尽快回归理性，看清镜子里的自己，不要奢望白马王子。哪怕节目制作方为了平息众怒，回避消费女性嫌疑，赶紧弄出一个《盛男爱作战》来，恐怕还是这个调调。

这是一时两地两种情绪对照的结果：在青年价值跋扈嚣张的时代，以青年以外的身份生活，是艰难的；在淡淡的疲倦中，遥望青年气象云蒸霞蔚的大时代，更有脱节的恐慌。

附录：都市恐惧神话

真人秀式纪录片《盛女爱作战》收视率高企，学者表示不满。理由是：节目给单身女性贴上"剩女"标签，奉行"女人嫁不出就是失败"的价值观，贬低女性，单一化定义美丽。

电视节目受欢迎，必然有现实因素。有学者认为，《盛女爱作战》节目大行其道，是因为它是社会问题的结果。正如周永新先生在《人口老化和性别失衡》中指出，香港男女比例失调多年，先是男多女少，20世纪80年代后又是女多男少。2011年人口普查的结果是，男女之比为939：1000，正是这种性别失衡，让女性调高了对配偶的期望，导致未婚女性大量出现。这种节目于是成为关注焦点。

但在内地，男多女少的状况下，《非诚勿扰》这类相亲节目照旧引得举国若狂。可见，性别比不是问题，真正的问题是，不婚者，尤其是不婚的女性越来越多，全球皆是如此。因此，整个社会，不断对不婚者（尤其是女性不婚者）施压，要他们结婚生娃。2005年，日本学者三浦展提出"下流社会"概念，特指那些衣食无忧，但"对全盘人生热情低下"的人。而"下流指数"中的一个硬指标就是未婚（男性33岁以上，女性30岁以上）。他认为，"下流社会"的日益扩大，会削弱民族进取心和竞争力。

所以，《盛女爱作战》如果一定有阴谋，一定有罪名，肯定不是贬低女性，而是制造都市"恐惧神话"，对所有单身者进行恐吓，单一化定义生活，让他们汇入"正常生活"。恐吓女性单身者，只是第一步，《盛女爱作战》的制作方，接下来还将制作"盛男"类节目。

这种针对单身者的恐吓已经盛行许久。前几年，一个针对女性白领的"恋爱心理速成培训班"的培训方法之一，是带领学员参观养老院。《盛女爱作战》没有这么直接赤裸，展示恐惧的方法多样，表现人们在恐惧和焦虑驱使下所做的一切，也是最佳方案。就像《盛女爱作战》中的Suki、Florence、Bonnie、Mandy和Gobby，为了找到婚姻对象，用半年时间参加节目，并整容、减肥、接受心理治疗，不停参加各种派对，像发展传销下线那样，由亲友引见适婚年龄的男性。这种为了婚姻的马不停蹄，已经足够对不婚者产生震慑。恐惧一旦产生，接下来就是兜售方法论，化妆师、两性关系导师于是轮番上场。

但这并不让人反感。一时一地，自有其局限，没必要将局限夸大，也没必要将政治正确无限绝对化。如陶杰所说，这"只是一个娱乐节目"。何况，《盛女爱作战》里，有 TVB 电视剧不常见的真实香港，有香港人生活场景展示，在我看来，十分新鲜。而那几位女性，在参加节目后，从着装到精神面貌，的确发生了很大变化，她们得到的经验并不限于如何找到男人，节目中提供的一切策略也适用于工作和人际交往。

至于单身者会否被吓到，会否坚持做自己，全看他们心理素质如何。陶杰劝告"知识分子"时说："不要'警察'这个社会，更不要噜噜苏苏'保姆'一个城市。"当然，也包括不要"保姆"单身者，他们有自己的脆弱与坚定。

明灭记

贞子

　　时间能改变一切。曾是"亚洲最恐怖女性"的山村贞子，大约不会想到自己有这样一天：爬出电视机的一幕被制成巨大模型，由大卡车载着满街游走；作为庆祝嘉宾现身世界最高电视塔"东京天空树"开业庆典；参加在巨蛋举行的棒球赛，并投下"诅咒之球"；由 50 位少女组成"贞子军队"，在涉谷街头启动"贞子大增殖祭"，她们甚至和路人握手合影，派送纪念品。路人反应如何？他们大赞"可爱"。

　　使贞子变可爱的，不是这一系列因 3D《贞子》上映而出现的宣传活动，贞子已经可爱许久，亲民许久。各种游乐场的恐怖屋里，固然少不了贞子的身影，万圣节化装舞会上，也少不了贞子的黑发白裙套装，玩具商开发出能够从电视机中爬进爬出的贞子玩具，T 恤上印着贞子形象，贞子布娃娃和钥匙链也在四处贩卖，而且一律以"很 Q 很萌"的模样出现。3D 版《贞子》上映，制片方还推出了"萌死人的贞子 KITTY 猫"，给她戴上了粉红色的蝴蝶结。她甚至成为电视节目灵感之源，充任"逃离贞子"与"寻找贞子"之类节目的背后缪斯。

一切都在光天化日之下，是有点儿邪异，但邪异得大方坦荡。

贞子并不是一开始就获得坦荡的资格的。1989 年，32 岁的铃木光司写下《午夜凶铃》第一部（后三部分别是 1995 年的《复活之路》，1998 年的《永生不死》，1999 年的《贞相大白》），贞子在文学世界诞生。

在那个世界里，贞子生于 1947 年，母亲是山村志津子。志津子生在海边，时常与黑暗的大海对话，1946 年的某天，她获得某种信息，深夜潜入海中，打捞出邪神石像，从此获得超能力。第二年，她和大学副教授伊熊平八郎结婚，生下贞子，随后开始超能力表演。贞子九岁时，志津子无法忍受舆论压力，跳火山自杀。贞子继承了志津子的超能力，也继承了她的悲剧命运，1966 年，她在南箱根疗养院休养时，被日本的最后一个天花患者强奸，并被投入井中。1990 年，她的怨念与天花病毒结合，附着在录像带上，以无限传播为诉求。几个中学生看到了录像带，七天后死亡，记者浅川开始调查死亡事件，黑暗叵测的贞子世界，从滑腻、黑暗的井中世界，向整个世界蔓延。

贞子的身世与形象至少来自三个人，文学上的原型，显然是由斯蒂芬·金成名作《魔女嘉丽》改编的同名电影主人公，超能力、白裙、母女关系，都和《魔女嘉丽》多有相似。现实中的原型，是日本明治时期的两位女性超能力者，一个是生于 1886 年的御船千鹤子，一个是生于 1871 年的长尾郁子，她们都因为超能力（远视以及将意念转换为影像）而名噪一时，她们都被福来友吉博士操纵，到处露面，也都在 1911 年去世，一个自杀，一个郁郁而终。福来友吉博士的故乡因此成为贞子的故乡，那里有博士的故居，有博物馆，还有"贞子馒头"。

贞子故事在 1998 年被拍成电影，导演是中田秀夫，佐伯日菜子扮演贞子，她贡献了一个清丽出尘的贞子，和小说中的描绘如出一辙。从此，贞子成为一个"固定角色"，通常由一等一的美女扮演，从仲间由纪惠到 3D 版里的桥本爱。取材于贞子故事的电视剧《螺旋》以及美版《午夜凶铃》中的贞子，也都是有世外气息的美女。

仅仅由美女扮演，是不可能完成贞子身份的漂白的。使她成为一个光天化日之下的亲民偶像，有两个要素：一是时间，二是复制。

《午夜凶铃》电影问世，创造票房奇迹，美版随后跟进，然后是 3D 版《午夜凶铃》。这个过程，用掉了十四年，十四年时间，加上她本身那种利于传播的特质——白裙黑发的形象，由暗夜大海和深井围绕的身世以及从电视机中爬出这个令人难忘的刹那，贞子获得了无限复制的可能，从一个令人恐惧的邪异形象，渐渐变得令人熟悉。她成为典故，成为话语，形容一个女人着装不够得体，可以说她像"贞子"，要说明日本在经济危机后的阴郁不安，也大可以说那是贞子的时代。

何况，小说和电影里的贞子，把"增殖"、"复制"当做存在的全部目标，这其中满含隐喻，和网络的特质不谋而合。难怪 3D 版的制片方会大大方方打出这种宣传语："贞子是这个世界上与 3D 最相称的女人"，并且让她爬电视机、爬电脑、爬各种显示器。有了这种时代感，贞子才可以彻底脱离深井，走上地面，走上街头，走上 T 恤和钥匙扣。

而这个过于白和亮的时代，也正需要这样一些有点异常的、在身后拖拽着阴郁身世的形象，充当有厚度的消费对象。所以，就连吸血鬼，也终于借助《暮光之城》得到彻底洗白。

时间以及在时间里的不停复制，是所有邪异形象得到承认的必由之路。时间里的不停流转和复制，让他们脱敏、消毒，让沾在他们身上的深井泥土不断剥落，最终成为钥匙链上萌和 Q 的形象。

凝 视

对华语流行乐的现状略有了解的，就知道从 2006 年开始的李宇春个人巡演史着实非同寻常，从 2006 年在成都举行的不足千人的歌迷答谢会，到"2012～2013 疯狂世界巡演"北京演唱会，七年时间，十五场个唱，李宇春的演唱会已经成为品牌，是当仁不让的"票房灵药"。这和她演唱会的质量有关，是她现场表演和舞美不断进化的结果。疯狂世界巡演采用音乐剧的方式，引入叙事元素，以她自己的作品为素材，讲述"皇后"挣脱傀儡处境，经历苦痛、幻灭、重生，渐渐找到自我的过程，使得已经在专辑中出现过的歌曲，获得了溢出价值。但她的特别之处不在这里，她之所以受欢迎，是因为她是个"女性的女明星"。

如果对"女明星"进一步分类，还可以分出"男性的女明星"和"女性的女明星"，分类的依据，是粉丝中的男女性别比——喜欢她的，是男性多一点儿，还是女性多一点儿。当然，更重要的，是粉丝看待他们偶像的方式。李宇春是"女性的女明星",不仅仅因为"玉米"中女性更多,还因为,她们对她寄予厚望。

往前看,一切都可以争鸣,唯独女性的美没有争鸣余地。史书和文学作品里,对女性美的描绘,基本没有突破传统文化下男性目光的框架。唐人有胡气,略有意外,胖女人也美了,舞刀弄剑的女人也美了,女性的私生活也获得了描述和理解。但多数时候,女性美的定义非常狭窄,因为定义权在男性手里。

李宇春属于女性的自定义,她像个干净的少年,安全,没有侵略性。她的装扮曾经被人们定义为"中性化",但如果我们的胸怀再开阔一点儿,或许得承认,那未必是"中性",而是"去男性定义女性化",她的粉丝认可的未必是"中性",而是这种"去男性定义",是对性别气质维度上附加的褒贬的剔除。她以这类装扮亮相的照片,最受欢迎,有一期《LEE周刊》("玉米"自制的电子刊物)封面,采用的就是她穿黑白棒球衫的照片。"玉米"当初的一人一票,投的不是偶像,而是审美定义权。

"女性的女明星",不仅仅意味着这种无视、冒犯、挣脱,还有更多正面价值。陶杰在他的书中举过一个例子,说明男女两性在判断他人时有什么区别:美国人做过一个实验,统计素不相识的男女在酒吧里从搜寻、观望到决定搭讪,各自需要多长时间。结果是,男性从发现吸引自己的女人,到最终前去搭讪,只需要七分钟;而女性完成这个过程,需要二十七分钟。不是因为女性羞涩，而是因为促使男性做出决定的因素，主要是外表；而女性则需要多一点儿时间观察，看看对方待人接物的细节，以便对对方的品质，做出一个初步的判断。

这也是女性凝望明星的方式——不仅仅在意外表，还在意对方的品质，女性对明星的观察周期，要比男性长。"男性的明星"，从惊艳开始，到惊艳结束，"女性的明星"，惊艳只是第一道门槛，后面还有漫长的查岗查哨、定期考核。

所以，会有"师奶杀手"这样一个词语出现，专指受到三十岁以上女性欢迎的男明星，而且他们也往往是人到中年以后，才慢慢散发出魅力。女明星的世界里，却没有相应的词语，用来表述对成熟女星的景仰。对"男性的明星"来说，丑闻会是人气的助燃剂，而对"女性的明星"来说，丑闻——尤其是情感领域里的丑闻——意味着星途的重大转折。曾经很红的 TVB 小生魏骏杰，演艺生涯在 2005 年后出现危机，或许只不过是香港电影电视整体危机下必然的个体命运，但人们很愿意认为，这是他和滕丽名分手的代价。

女性总在寻找这种经得起凝视的偶像，却又经常会失望，甚至功亏一篑，所以一旦她们发现有潜质的对象，索性下手共同培育。但够格成为培育对象的，寥寥几人，"女性的女明星"尤其如此。从自然质地上来说，过于妖艳、强悍的女星，是没有可能成为"女性的女明星"的，得童真一点儿，安稳一些，即便过了形象关，后面还有旷日持久的工作需要。

李宇春成名早，生命经历清楚敞亮，是最好的培育对象。让她保持这种敞亮，是"玉米"购买专辑、购买演唱会门票、下载彩铃、组成智囊团、在媒体"卧底"，并且倾尽一切呵护李宇春的真正动力。看起来是她需要她们，其实是她们需要她。"玉米"所说的"好像是我们在保护她，其实是她在保护我们"，真正的含义，大概是，李宇春在维护她们的长久凝视。勤勉努力，公益形象，都是这种维护的一部分。所以，对李宇春的呵护，被称为"妈心"——长辈对孩子的关照、期望之心。

生活，大概就是在这种更温和，更有长性长心的凝视里获得前进的吧。这种永恒的凝视，引导我们上升。

催眠

2012 年 9 月 30 日，《中国好声音》总决赛开场前，网友里八神发微博："梦到自己因为不看《中国好声音》被邻居检举了，秘密警察半夜过来把我逮捕了。"也许是真的，是"所有人都看《中国好声音》焦虑症"在梦里发作；也许是调侃，是对总决赛之夜，微博上《中国好声音》话题洪流的微谑。

发动人群、感染人群，是一种催眠术，让所有人都看《中国好声音》，是这种催眠术的结果，制造这样广泛的催眠，需要洞察力。《中国好声音》制作方，否认自己的选秀属性，自称"音乐评论节目"、"音乐励志节目"，回避"评委"、"选手"的称谓，改为"导师"、"学员"，将竞争意味首先从文字上滤掉，并邀请刘欢、那英这种级别的艺人担任导师。所有这些，固然有避险的因素在——"限娱令"着实是头上利剑，却也因为，选秀节目已经透支，已经没落，已经丧失了催眠魔力，犯不着冒险沾染。《中国好声音》得绕过它们，另外找些手段。

《中国好声音》的催眠手段之一，是故事。起初，我们以为，"故事"就是学员们的身世情感大展示，是徐海星的亲情相册、黄勇的前史疑云、平安的执着不舍、吴莫愁的大篷车。但随后我们才恍然发现，它真正的故事性，来自它的节目框架，这才是灿星从荷兰购买节目版权的真正原因。它最强烈的故事元素，是导师们的聆听、转身、惊喜、失望、调侃。四个导师的情绪转折、语重心长，像一个架子，构建起节目的基调，学员随身携带的故事，只是架子上的填充物。"故事"照亮了"好声音"，给观众提供了情感擦拭的可能，酿造了话题引子；"故事"控制了"好声音"，使它不至于过分溢出，出现选秀节目所热衷的失控场面。"故事"是催眠钟摆，诱导了观看和评价的方式。

有了这个架子，另一个催眠手段——音乐，才有了附着的地方。《中国好声音》的音乐标签，是小众音乐（相对于内地听众的小众）。节目制作方和导师们反复强调，之所以有那么多的爵士风，那么多的英文歌，那么多的转音，是想拓展华语流行乐的表现手段，给小众音乐一席之地。其实，对于内地听众来说，对鉴赏力的学习时时被打断、辨别力的体系还没成型的人们来说，曲风、语种，都不是大众或小众的分界线，内地听众的大众小众硬标准，是声音的高低和大小。

自从韦唯在 1987 年用两个八度的音域唱了《恋寻》，推翻了流行歌曲是小调、是靡靡之音的论断，音高和音量，就成为流行歌手的云梯——翻过那个梯子，就是面向大众，是艺术家，是殿堂人物，是主流价值观代言人；停在梯子这一边，就是小众，是非主流。

韦唯确立的标准，随后被李娜、阿宝等高音王刷新，即便是慕容晓晓，也得在《爱情买卖》里显示一下自己的高音能力。高点，再高点，C3、D3、E3，甚至 C4，在 C3 的位置上，多一拍，再多一拍。这种火烧火燎的声音奇观狂热症，和我们这个时代的经济指数、摩天大楼，存在某种奇异的同步和共鸣关系。北欧的低调民谣，如果经过升调和重新编曲，能够提供飙高音的机会，恐怕照样能贴上"大众"的标签，哪怕歌里含蓄地唱着自杀和抑郁症。

高音到底是一种什么能力？稳定的高音 C 是个传奇，但我有位在中学当音乐老师的师兄，借口怀才不遇拼命酗酒，技艺荒废了许久，却也能在这个位置唱足大师引以为豪的那个拍数；张靓颖的海豚音像个奇迹，但演员宁静轻易就复制了这个奇迹……这就像拉美作家用长篇小说为一个民族书写秘史，而我们的作家也写出类似的长篇小说，这事突然就不够神秘了。

这种能力的确不神秘，却又异常神秘。不神秘之处，在于人所能及；神秘之处，在于其中有种东西人所不能及。《中国好声音》的学员们首先攫住了人所能及之处，用高音和大嗓门，用带有瑕疵的声音奇观，坚定地站在了我们时代的大众这一边。其他的，以后再说。这是以技艺悦人者的海盗时期。

更重要的是，我们的聆听习惯变了。从前，听音乐得通过唱片、磁带、CD。唱片业没落之后，音乐能量被挤压到了别的地方，演唱会、音乐节，但更多是酒吧和夜总会。带有取悦印记的声音——高声大嗓的、浓艳的、炫技的，成为声音的主流。我们热衷于流连公共场所，却没有公共生活，我们热衷于在公共场所听音乐，却没能形成公共鉴赏力。各自为政者，是催眠对象的上选。

这些催眠了我们的元素，在别处是否同样有效，着实难说。催眠，是一种微妙、脆弱、飘忽不定的技术，何况还是这种带有此时此地烙印的催眠术。热衷于讨论吴莫愁的国际舞台可能性，就像在讨论睡眠能否量产，梦境能否罐装。音乐，是比电影更艰深、更锋利的催眠。

沉溺

　　林志炫刚刚出现在《我是歌手》节目中，与他有关的逸事，就开始在网上流传。

　　1989 年，林志炫和李骥组成"优客李林"组合。1991 年，《认错》专辑推出，两人一举成名。在"优客李林"解散后，他加入索尼音乐，又和索尼解约，成立炫音音乐，自己制作唱片，后来和新索音乐合作，也只是将发行权交出。在人们印象中，他和音乐圈子保持着一种若即若离的关系，以清亮声音和高超歌艺，成为华语流行音乐界一个艳异的存在。

　　网友却拼出他歌手生涯之外的另一重身世：他的父亲经营着一家小小的印刷厂，一直希望他能回去继承印刷厂。在"优客李林"解散后的 1995 年，他回到台南，帮助父亲经营印刷厂，厂子后来一度毁于火灾，他与父亲携力重建。因为厂子实在小，他实际上担任的是业务员和送货员之职，只能匀出一半时间来做唱片和演出。在他参加《我是歌手》之前，还有人看到他送货。

另一位凭借这个节目翻身的歌手黄绮珊，也有很多故事，与林志炫不同的是，这些故事是通过采访或者脱口秀节目讲出来的。她对自己的相貌不满，曾经因此抱怨过母亲。20世纪80年代后期，她走上舞台，一度模仿过邓丽君。90年代，她得到机会，正式出道，却并没引起足够注意，从此沉沉浮浮。在和前夫涂惠源离婚后，她曾起过自杀念头。离婚后没多久，涂惠源为《剪爱》作曲，让张惠妹一举成名。后来，她在节目中唱了这首本来有可能属于她的歌，其间一度情绪失控。

在《我是歌手》节目里，林志炫和黄绮珊是获得第一名次数最多的歌手。正如网友感慨的那样，他们都是"有故事的人"，在歌艺超卓的同时也具备强烈的故事性，故事性和他们的歌艺互相配合、提升，让他们比别的歌手形象更鲜明。至于故事和歌艺的关系如何，是歌艺引起了观众对他们故事的探究，还是"有故事"这件事促进了他们的音乐领悟力，已经无法追究。

而且，同样是讲故事，和"超女"、"快男"比起来，他们的故事已经进化了。初出茅庐的年轻歌手们，只有一些碎片式的亲情爱情故事，而他们的故事却首尾俱全，是成人世界的横截面，有强烈的命运感，应和了节目的宗旨"真人生，真音乐，真歌手"，具备更多的情感擦拭的可能。

事实上，《我是歌手》的主角虽然是歌手，而且以职业歌手的歌艺竞争作为最扣人心弦的线索，但和此前的《中国好声音》一样，是隐蔽的跨类型节目。它同时还是以歌手命运起伏为线索的情感节目，隐蔽地进行叙事和情感擦拭。过气的、没红起来的歌手进入节目，已经携带了戏剧元素；参赛曲目多半是老歌，又带上了时间的温度。歌手在台上竞相情绪失控，纷纷想起前任爱人以及离世的亲人，现场观众也像听带功报告一样泪流满面（过多的落泪画面让他们被外界怀疑是"泪托"，落泪有报酬，而制作方给出的解释是，现场音响很好，让观众过分投入），更增添情绪泄洪功能。

尚雯婕的两次出局，因此毫不意外，她误解了这个节目，或者说，没能很好地配合这种情感擦拭取向。她固执地选择英文歌和自己创作的歌，本身就和观众有了"隔膜"，在别的歌手纷纷惨情或深情的时候，她的歌却过于沸腾，没能携带故事，即便有，也只是"音乐梦想"。她太新太懵懂，太锐太昂扬，而《我是歌手》要的是二十年苦守寒窑的决绝坚韧，是尘埃里开花，即便绽放也已经蒙尘。

自顾自唱歌的时代已经过去了，旧的唱片业已经到了断崖前，新的音乐售卖方式还没跟上。新旧交接之间的空白地带，歌手和他们的音乐，都得带上点实际功用，负责情绪引导，或者情绪排泄。所谓流行音乐草根化，不是歌手得更亲民，而是歌手得更实用——贴面情感擦拭，自动单曲循环。

举目四望，我们正陷入一代人的情感汪洋，到处都是鸡汤、情感故事，从电影到楼盘，如果没能提炼出一两条情感金句，都不好做宣传。繁华堵住了嘴，伤痛都是内伤，自怜像瘟疫般暗暗传染，感染症状是默默望向书本或微博、舞台或荧幕，等待一只无形的手向自己伸过来，落得片刻沉溺。

　　一次沉溺，像一片莲叶。在莲叶间跳跃，及至成瘾。尽管镜头拉远，莲叶所在，还是无边深海。

谪仙

去年秋天，我得到机会，以游客身份重返二十多年没曾返回的家乡。行程安排非常紧密，每天早出晚归，在景点和城区间来去。一个深夜，回宾馆路上，车窗外，墨蓝的天底下，有一簇灿烂的灯火，不由发问，那是什么地方？那是老城吗？这才知道，这一周去过的城区，都是新城。

临走前一天，有了自由活动的时间，直奔老城。一只脚踏出出租车的瞬间，就知道不妙，梦魇般的感觉，像个滚筒，瞬间把我抽干。街道房屋，和1986年没什么两样；行人衣装，也和1986年没有区别；河流上的水泥桥还在，裂缝用铁丝做了加固；街道上的马粪味，在日光下静静散开。这是一个被仙女冻结的世界，因为我的到来短暂开放。我提前体验了时光机的后果——重返一个停滞的、没有改变的世界，只会让人觉得恐怖、反感。

旧日世界，如果原样呈现，是不会让人感到愉悦的。让人愉悦的，是不停进化的旧日世界，是对旧日世界的新理解。怀旧，看起来是从过去搬运东西到现在，其实是从现在搬运东西到过去，是用新进展、新感受、新理解，照亮过去的每个角落。这种搬运有时是消极的，消极在于不承认自己实行了这种搬运；有时是积极的，积极在于勇于承担搬运的后果，明确知道，只有不停地生活在现在和未来，才有可能不停地向过去偷运。不从现在搬运的过去，迟早会枯竭的。

怀旧一直在发生，只是有时特别强烈，就像最近出现的大规模怀旧，老演员、老歌手占满荧幕，老歌获得翻新，过去的生活得到热心的表现。最新成果，就是《我是歌手》、《我为歌狂》以及赵薇电影《致我们终将逝去的青春》。看起来，它们恋恋不舍的是旧，实际上，它们津津乐道的是新。唱歌节目，不停地向过去搬运新的灯光音响，更先进的唱法以及更洞明的传播心理学。《致青春》以及紧随其后出现的怀旧青春片，则不停地向过去搬运现在的人们对情感和生活的理解。

为了让旧日情状显得更真实，赵薇对场景和道具的要求近乎苛刻，寻遍南京的所有大学，找出所有的旧角落，拼出一个 20 世纪 90 年代样貌的大学，为了电影里出现的某种内地已经停产的罐装啤酒，特意派人去香港购买。但如果电影只是遗迹博物馆，越逼真，越会让人产生重返侏罗纪的恐惧。于是，2010 年代的情感心得、人生感悟登场了，这些感悟，负责拂去那个旧日世界的尘土，负责引发共鸣，怀旧因此让人愉悦。

对民国的怀念，是怀旧界最大的一块阵地。从"民国男子"、"民国女子"，一直蔓延到民国政治家、民国的棚户区。但那些怀念恰恰是站在今日今时的经济、文化、政治、心理学新成就的基础上。对政治家的重新认识，基于时势变化；对林徽因等女性的怀念，基于女性现今所获得的自由和伸展。林徽因在她的年代，用恣意的个性提出的只是一个虚设的盈利目标，这种盈利目标，一定要在获得普遍理解之后，才算真正套现。这普遍理解，只能在后来出现。所以，从怀旧中获得的愉悦，一定是过去和现在对半分的，过去提供了人性个案作为材料，现在提供更普遍的理解，有了这种理解，愉悦才会发生。

多数时候，人们不愿意承认，自己的记忆是进化后的记忆，自己的怀旧所针对的，是进化后的旧日。因为，旧日其实是一种虚拟财产，是一种身份。没有人能接受这个现实：自己一直在对身份进行修改。他们以谪仙的姿态出现，似乎自己是被旧日谪贬，却又无比忠诚。他们有理由捍卫旧日的一切，却全然不顾那个旧日其实是今日成就的，也一直在和今日进行隐形互动。

更多的人，愿意充当青春的谪仙，一直生活在被逐出青春乐园的余绪中。青春一去，大厦立刻倾倒。但如果我们有机会重返青春现场，一定发现，那个青春，与我们相携终身、不断怀念、惊鸿照影的青春有异，我们对它的怀念，是一种刻骨的高估。

饭局

2010年上半年的娱乐圈里，最热的一个词，莫过于"饭局"。

年初，先有徐怀钰以律师助理身份亮相，称自己遭遇经纪公司雪藏，导致生活窘迫。而矛盾的起因之一，是她不肯接受公司的"饭局"安排。随后，又有艺人X因吸毒被抓，而警方在监控过程中却意外发现，X涉嫌性交易，担任中间人的，是前"中华小姐"L。但L只承认自己安排"饭局"，至于参加饭局的艺人和客人发生什么，"不关她的事"，并要求警方尽快还她清白。

众所周知，一条引起轰动的新闻，还担负着热点聚集和行为指导的功用。两个"饭局"事件之后，艺人"饭局"、"陪酒"新闻接连出现。某女星的手机在这个节骨眼上恰好丢失，中间人富有暗示性的短信和她凛然拒绝的短信同时曝光。随后，有导演说，有投资方点名要女演员陪酒，被他拒绝，投资于是被撤走。一时间，饭局英烈接连涌现，专栏作家指间沙称："莲花朵朵开。"

当然，"陪酒"也好，"饭局"也罢，都是修辞，是借代。"饮食"多半是通往"男女"的前奏，而它往往和机遇与利益捆绑在一起，只看你从与不从。《沉默的羔羊》中说："贪婪起于每日所见。"作为欲望投射对象，艺人既要为人所见、勾起欲望，并因此获得收益，又要全身而退，确实很难。"饭局"成为投资融资的桥梁，担负着润滑剂的功用，拒绝"饭局"，则意味着出局，"饭局"之"局"，实在意味深长。

所以，盘点历年的"饭局"传闻，会发现，略微平头整脸的女明星，几乎都曾牵涉其中。而最终痛揭"饭局"铁幕的，都是那些出局的人，比如破产的罗兆辉，比如徐怀钰，比如因"银鸡案"身败名裂的淫媒古惠珍，她后来曾说："当时手上有六名女子，一日有三餐饭局，每餐赚利是一千，一日就赚三千，当时好风光，叶子媚同陈宝莲都跟我去过。"而梁洛施在和英皇闹解约时，也直言东家逼她做了很多"合约外的事情"。

因富于话题性，将性与金钱与政治一锅烩，因此，"饭局"一直是风月片或者三级片的热门题材。1977年，香港多名肉弹艳星因涉及卖淫遭警方传唤，邵氏立刻请导演程刚拍摄影射电影《应召名册》，此后的《艺坛照妖镜》、《不脱袜的人》、《电影鸭》、《香港小姐写真》、《爱在娱乐圈的日子》、《96应召名册》，也时有牵涉。而年年暗中更新的还有一张男星女星的饭局身价榜，那其实是一份人气榜，不一定和明星权势榜吻合，却比明星权势榜多出一项内容：新鲜度。在榜单上露面的，多半是形象还没被过度消费、尚有想象空间的二三线明星。

可见，"饭局"是娱乐圈最普通的事，甚至是维持娱乐圈正常运转的要素之一。那么，一件如此普通的事，为什么会成为新闻？为什么会给人们留下那么多惊诧、怀疑、激愤？

因为，娱乐明星其实还担负着寄托人们的人际理想的功用。娱乐业作为一种现代宗教，刻意实现人们的仙境想象，生活方式悠游自在，人和人之间是疏淡的、清爽的，气泡半径很大，不被利与欲所侵扰。

最近流传的汤唯神话，就是这种愿望的具体表现。在那个自述里，她孤身前往英国，在街头卖艺，所有的机会都是自己找上门的，一技在身，在任何一个领域都没被埋没。这个故事后来被证实是虚假的，但这种"知音体"的故事，是人们需求的最直接呈现，可以看见人们要什么和想什么。人们愿意相信，在明星那里，人与人可以以某种轻松的方式相处，以较为有尊严的方式达成愿望。越过某个界限，就能得道升仙，从此拥有绝对的自由。

但真相呢？真相或许是诺曼·梅勒在《玛丽莲·梦露传》中所说的那样："女明星们都生活在一般人难以想象的另外一个世界，对于外部世界都有着巨大的不信任。每个伟大的女演员都是一段流年，因为她们是被造就出来的，并且很多时候不能控制自己的命运。"

"饭局"就是这种命运失守的具体表现，但这不能阻止人们继续把人际关系的理想寄放在明星身上。于是，这种脆弱的信仰，只有继续在破与立之间、在供奉和摧毁之间摆荡。

形神

张爱玲小说《沉香屑：第一炉香》里，葛薇龙去投奔姑妈，她家的佣人随行。在姑妈家的深宅大院门前，在一迭连声的狗叫声中，在姑妈家的佣人前来开门的历史性时刻里，葛薇龙忽然异样地清醒、客观和冷静，因为周围的环境，她的眼光和立场都变了，觉得自家的佣人格外古怪："她那根辫子却扎得杀气腾腾，像武侠小说里的九节钢鞭。薇龙忽然之间觉得自己并不认识她，从来没有用客观的眼光看过她一眼。"

内地艺人与港台艺人站在一起，往往就有这种效果，不论是公私场合下、合拍片中，还是综艺节目里，但凡两岸艺人同时出现，以前看惯了的内地艺人骤然就异样起来，让人觉得"自己并不认识她，从来没有用客观的眼光看过她一眼"。分明是娱乐，却有历史性时刻的那种火光冲天熊熊照面。

从前，是形神都有差异。20 世纪 40 年代由上海跑到香港去的李丽华或者白光，是当仁不让的风尚引领者。20 年后从上海去了香港的郑佩佩，也还能独当一面。但到了 1980 年，15 岁的刘嘉玲去香港时，情势已经有变。她穿着黄色上衣、鲜红喇叭裤，挑着行李到了香港，从无线第 12 期艺员训练班出来，进了演艺圈。香港人却不接受她，始终嘲笑她的衣着，即便是在《明报周刊》封面上，和许晋亨在一起，关注的重点还是她穿的衣服。当然，不被接受的，还有她早年的处世。四十年时间，东风西风，河东河西，全都倒过来了，领涨的变成了领跌的，时代拖住了女明星的后腿。

到了合拍片时代，衣着妆容上的差异缩小了，神采上的区别却照旧是天上地下。2003 年的 CEPA（《内地与香港关于建立更紧密经贸关系的安排》）要求，合拍片中内地演员的比例不得少于影片主要演员总数的三分之一，这措施，或许为的是学习，却也有点像杨绛写的"掺沙子"——让"革命群众"住进"资产阶级权威"的家里去。"掺沙子"之后，内地艺人大量出现在香港电影里，但他们举手投足的生涩僵硬，在港台演员的映衬下格外触目惊心，即便是王晶作为人才引进的刘洋或者孟瑶，在熏风里浸泡了那么久，却还是听得见骨头里的铿锵。

当然，电影是非常态的、高度控制的人性展示，人为的因素常常会干扰样本的纯洁度，综艺节目里的对照，就更有说服力。作为标杆的，是内地明星在《康熙来了》里的表现。45 分钟的节目，蔡康永和小 S 以庄谐齐备的手法引蛇出洞，从体力、耐力到素养储备，对艺人都是一次严格的考试，到最后，不略微露点原形，几乎是不可能的。但内地艺人有所不同，他们几乎是刚一站在蔡康永和小 S 旁边，就显出了差别。《风声》的几位主演，就曾经登上《康熙》，李冰冰过分警觉，黄晓明有点平淡，张涵予面对小 S 飞身扑男的做派略显拘谨。上过这节目的黄磊、李艾、那英、小沈阳，也多半如此，总体表现不过不失，甚至不乏亮点，但却坏在直、白、凛然。

这差异或许来自南北地理性格的不同，福建人广东人，生活在向海的地方，眼睛里看到的是绿树和红色的大花，地理性格属于热烈、务实一路。东南卫视有一档《海峡午报》，是这种性格的具体呈现：蓝绿打架，市县政客跳淡水河博人气，小吃店用帅哥店员招揽顾客，中学生在毕业典礼上cosplay 吴淑珍——再没看见过那么富有烟火气的新闻。稍北一点儿就不行，韩国新闻里永远看得见一片黑压压的衣服，白亮的灯光，动辄有人自杀了。气温高一度低一度，纬度多一分少一分，性格迥然两样。

而最重要的原因，则是我们几十年生活在取消世俗生活的境况下。景象肃穆的乌托邦里，建筑得是整齐划一的，会议室里的杯子得在一条线上，电影里的古代士兵也要走成团体操，阳台上不能晾衣服，夜市一直被当做毒瘤，人们乐于取消人性的细节，嘲笑多余的情绪，连演员都是一派正大肃杀的气象。这三十年的重建，重建的其实是世俗生活，但有时进，有时退，如此曲折反复。而香港台湾，世俗生活没被打断，得以最大限度地保全，差异就此产生，在艺人身上格外明显。细究之下，多少令人怅然。

道理都写在脸上

张艺谋电影的女主角，通常都找得很艰难。寻找《山楂树之恋》中静秋的扮演者时，导演组兵分八路，几乎跑遍了全国的艺术院校。最后入选的是石家庄的高中女生周冬雨。她之所以入选，是因为她有一张干净的脸，张伟平认为她"气质独特，极其清纯"，"眼神如山泉水般纯净"，"看片的人一致认为她长得像山口百惠"。

一张干净的脸，是"谋女郎"的入门条件，这是全国皆知的秘密。巩俐、章子怡、董洁，甚至奥运八分钟的民乐女郎，都有相近的面容特质。何况《山楂树之恋》的故事背景在1975年，主张的又是纯爱，弥漫禁欲气息，演员脸孔更要干净。

不过，不只张艺谋有这种要求，凡是将故事背景放在20世纪七八十年代的电影，都免不了要寻找些干净的面孔，制造些干净的画面。干净，已经成为用影像重现三十年前时光时的统一诉求，《孔雀》、《青红》，都是如此。甚至豆瓣上那个著名的活动"咱妈她是个美女，咱爸他是个帅哥"也并不例外，网友提供的父母照片，统一气质是"干净"——当然，不排除是黑白照片营造了这个干净的幻境，后面的回复，也都一迭连声地赞美那个时代比现在干净。

那时候的人，比现在干净、恬静、单纯，这几乎已是共识。但有略微年长的朋友，谈及她为什么没有在那个年代恋爱时，说，那时候，男孩子都很脏，女孩子也一样，连她自己也一样，因为，"都没有好的洗发水"，不能常常洗澡，还能指望什么？那么，那些影像中的干净面孔所代表的世界，和她所描绘的龌龊如 19 世纪前的欧洲一样的世界，哪个比较接近真实？

"过去是个异域"，过去了的时光，多半已经云雾缭绕，搅拌和混杂了种种晦暗不明的细节、印象，难以看清原貌。刁诡的是，"干净"为什么会成为那个时代的印象？"干净的脸"为什么能为那个时代代言？

脸的历史，是另一部隐秘的历史。陈丹青认为，人的面孔和时代关系紧密，鲁迅之所以好看，是因为那样一个时代，足以滋养出那么一张即便摆在世界文豪群像中，也不让我们丢脸的脸——人的脸孔，是时代元气的凝结，是时代能量的表露。同理，20 世纪 80 年代的"香港小姐"里有许多绝代佳人，90 年代后的香港小姐，越来越难看，因为 80 年代的能量已经渐渐衰竭了。

但脸的历史，也不是那么自然发生的。脸的历史，也是摒弃和承认的历史，是有意倡导和声张的历史。

20世纪80年代，受过西方教育的新浪潮影人，打算重振香港电影，首先要改变的，就是演员面孔。邵氏电影中那些肉团团、粉嘟嘟，带点江湖气和市井气的女星，从此不吃香了。他们找到的新代言人是夏文汐和叶童，"都是高挑修长、外表冷若冰霜，打扮清秀淡雅，似不食人间烟火……两个都不似本地明星，而具有西片女星奥黛丽·赫本和黛博拉·蔻儿型格"。

而说起1949年以后内地女明星脸孔变化时，影评人娄军这么认为："共和国成立以后，城市的功能受到抑制，旧上海那种既是罪恶之城又是时尚天堂的矛盾被革命理想重新整合，城市生活在银幕后面悄然隐去，作为革命象征的土地和农民被突出出来，反映革命生活和现代化建设的题材成为主流。"所以，1949年后的明星，比如谢芳、王丹凤、秦怡、王晓棠、张瑞芳，"她们的美丽是全部面向公共空间的"，在她们的面孔公约数里，最多的是母性元素，谢绝欲望投射，而那些拥有城市标记的女明星，则只好扮演女特务。直到20世纪80年代，城市化再度开始，潘虹、张瑜、方舒、龚雪、肖雄那些精细妩媚的面孔才重新出现。

过去的世界，脸的地位则更加尴尬。通常是我们给它什么脸，就得要什么脸，我们认为它是干净的，它就是干净的，让它成为某种干净的社会理想的寄托，它就得担负此责。张艺谋在城市化潮流中逆行，努力寻找非城市化特征的脸，也正是源于这种需求。

所以，本雅明认为，照片（也可以扩大到所有影像领域）和讽喻有着相近的功能，将世界缩微，是一种控制世界的方式。控制了一张脸，就控制了脸的主人被领会的方式；控制了一个时代的脸，就控制了我们对一个时代的记忆。人的面孔其实并无大的变化，重要的是，选择什么样的面孔作为时代的代表。所以，朱文在他的诗里这样写："道理都写在脸上。"

同时代

我有一个朋友，是王菲的狂热粉丝。2003 年（王菲目前的最后一张专辑《将爱》在这一年 11 月问世）之后的这些年，每到岁末，问他该年有什么遗憾，其中之一总是王菲没复出。如今，他的遗憾终于得到些补偿，王菲终于复出，从 2010 年 10 月底开始举办名为"重生"的系列演唱会。而之所以叫"重生"，是因为"她认为每件事物都有重生，开始、经过、结束，再从头开始，所以此次个唱将融入四季变换的概念，取其冬去春来循环不息之意"。

尼尔·盖曼的小说《美国众神》里，凡是获得人们关注的事物，都有自己的神，哪怕这个事物只有一个拥趸，也会有一个神因此前来。随着膜拜者的增多和减少，他们的神力也随之增强或者减弱。神还拥有凡间的身份，他们混在芸芸众生中，有的成为出租车司机，有的沦为妓女，有的是犯罪分子。神也有新旧更替，旧日的神是那些元素意义上的神，比如水神、火神、狡诈之神、骗术之神，新一代的神则是高速公路神、信用卡神、互联网神。以尼尔·盖曼的标准来衡量，流行文化的巨星，也都是神，而王菲，是少数几个可以跻身众神之列的国产巨星之一。她的音乐、造型、性格、表情动作、生活方式、慈善行为、花边新闻是一个不可分割的整体，她成为舞台、MV、电影、电视、书籍、传言以及一切周边产品消费的中心，绕也绕不过去。

王菲能成为巨星，是因为她具有阿甘本所说的"同时代"性："真正同时代的人，真正属于其时代的人，是那些既不完美地与时代契合，也不调整自己以适应时代要求的人。因而在这个意义上，他们也就是不相关的。但正是因为这种状况，正是通过这种断裂与时代错误，他们才比其他人更有能力去感知和把握他们自己的时代。"王菲是一个"同时代人"，她在鸿蒙初开、土里土气的 20 世纪 90 年代，"把自己的凝视紧紧保持在时代之上"，从邓丽君、Tori Amos、Cocteau Twins、The Cranberries、Bjork 和 Sophie Zelmani 以及国产摇滚里汲取营养。她在北京和香港之间穿行，得以跳脱香港看香港，远离北京地审视北京，锤炼出一种不合时宜的清新、迷离、诡异、慵懒……甚至颓废，至今无人能够超越。

可见，"同时代"意味着超脱、异质、疏离和前瞻性，"同时代人"不会全心全意沉浸在我们引以为傲的那些时代特质中，而是全力挣脱，甚至始终和这些特质保持距离。一个时代的时代性，并非来自那些公认的、已经固化了的部分，恰恰来自"同时代人"为它添加的、甚至竭力否定的部分。本·琼生说莎士比亚"不属于一个时代，而属于世世代代"，伍尔芙说"诗人永远是我们的同时代人"，阿甘本认为，19世纪巴黎是一位优雅的女士，"是所有人的同时代人"，讲的都是这回事。

可以预见的是，至少在短时间内，中国不可能出现另一个王菲级别的巨星了。这或许因为明星产生的机制发生了变化，或许因为娱乐性扼杀了巨星的神秘感，也或许是网络毁灭了这种超级巨星的黄砖路。更重要的是，这种偶像要时间成就，如人参果，许久才开花，许久才结果。

尴尬的是我们。我们和这些半个身子已经进入神话的人物并存于一个时间空间里，不知该怎么对待他们。张爱玲、塞林格或者伯格曼去世的消息传来，驱之不去的不是哀伤，而是诡异感，他们前几天还活着？他们曾经和我们长期并存于一个时代？更诡异的感觉，则由那些正处在转折期的巨星们带来，王菲还要逛新光天地，张曼玉还要为建筑师男友请任志强吃饭，伦纳德·科恩还要为赚退休费举行"听一场就少一场的演出"。这些已经进入神龛的新神的肉身令我们异常恼火。我们既幸运又不幸，我们不得不目睹他们的瑕疵，窥见他们的衰弱，忍受一个神话完成前的最后工序，挨过彻底入冬前的那段秋凉。

站在未来的立场上，知道自己正处在什么位置，却又不得不忍受自己的无情，不得不为当下算计，这是所有属于某个时代的人的尴尬。知道这种尴尬，则更加尴尬。我们知道将来的世界会怎么看待我们……"房吃人"、"新圈地时代"，却也知道改变一个时代的那种摧枯拉朽、渴望新生的动机越来越弱了。新世纪是一个翻身都困难的庞然大物，我们知道那些"同时代人"像马尔克斯小说里的巨翅老人一样，可能是上天的馈赠，但我们照旧凶狠地对待他们，最后以悔恨表示一点儿姿态。

他们也未尝不知道这点，所以努力削减自己的存在感，像隐居的嘉宝，躲在美国的张爱玲以及淡出歌坛前的王菲。她曾在演唱会 VCR 中说："如果我以后不唱了，希望你们忘了我。"他们不但知道自己的位置，也能预见到自己某一段时间内的处境，知道自己要为曾经的脱序付出什么代价。王菲用"重生"为自己的复出演唱会命名，大概就是一种解释，一种讪讪的低回。

蜜糖

　　闫凤娇和她的照片正在风头上的时候，我写了一篇《假若明天来临》（刊发后题目改作《闫凤娇的老茧让人感慨》）。报纸出街当日中午，我上网，发现文章已经被转了几千次，心知大事不妙——引人注意从来都有副作用。果然，有大批愤怒读者指责我替本该投石处死的女人张目，更有女读者指出，高跟鞋穿多了，自然会有老茧，老茧不是闫凤娇获得赦免和赢得同情的理由。好在有读者替我说出心声："高跟鞋和老茧指代的是我们必须取悦他人的共同处境，若想生存下去，就得让别人喜欢自己接受自己，高跟鞋，或者隐形眼镜，都是取悦之道。所有那些还需要取悦别人的人，其实都在一个战壕里。"

　　列侬有云："要使你的政见被接受，你必须抹点蜜糖。"何止政见，时时处处，我们都得设法给自己抹点蜜糖，将自己呈送出去。不过，不是随便抹点蜜糖，就能导致接受，取悦之道，是最艰深的学问，不亚于任何

121

一种真理。因此，求索的路上，就难免布满殉道者。

超女王贝（2005 年超级女声成都赛区 20 强，2009 年快乐女声武汉唱区 10 强）死在整容手术台上之后，网友正期待超女之死能帮助群众擦亮眼睛，刺激当局整顿整容乱象，家人却选择私了。白岩松直呼绝望："如果说王贝的死因是气道梗阻，这件事情到这儿停了，这个社会局部的气道发生的梗阻，我们每一个人都喘不过气来。"只是，一旦想想，那是个母亲和女儿齐齐躺上手术台的家，就不觉得这结果有何意外之处。那是个蜜糖之家，糖分略多于巷陌里的寻常人家。

路啊路，飘满红罂粟。他们目不斜视走过的路上，刚刚倒下的人尚有体温——2009 年 11 月，38 岁的前阿根廷小姐、世界名模索朗热·马尼亚诺在布宜诺斯艾利斯接受臀部整形手术时，因医生不专业，致使注射液体流入她的肺部及大脑，引起急性呼吸衰竭，她死在三天后。再早些，韩国女星韩爱利在隆胸及面部轮廓手术时，因大量出血，差点丧命。

但相貌是身在演艺圈的人最直接的蜜糖。好莱坞的金融分析家斯彭塞女士曾说："在洛杉矶这样一个城市，你能否在这里混下去完全取决于你的长相如何！"在这个地方，被常人视为隐私的那些事情，统统不是秘密。是否在脸上动过刀子，才是好莱坞最深最黑的秘密。

好莱坞明星，在整容上一年要花掉数亿美元。列在整容医师整容怀疑名单上的，是好莱坞的所有明星。在整容医师看来，从老牌硬汉约翰·韦恩、加里·库柏、玛丽莲·梦露，到布拉德·皮特、辛迪·克劳馥，个个都不是原装产品。乔治·克鲁尼整过下巴，汤姆·克鲁斯打过抗皱针，施瓦辛格缩过下巴，史泰龙做过拉皮手术。即便是最守口如瓶的整容医生，也公开宣称，在这个城市，10 岁以上的人，几乎都有过整容经历。在奥斯卡典礼即将举行前，这种集体狂热更会达到顶峰，明星涌入整容诊所，竭尽所能让自己看起来令人愉悦些。

整容其实已经不值得讨论了，"身体发肤，受之父母"那一套，已然陈旧。以外科手术尚未出现时候的见识限定现今的人类行为，非常不智。真正需要讨论的，不是整容手术日渐完备之后整容是否正当，而是毫无创造性的整容。这十年里，我们所有整容后的女星，一律拥有尖得戳死人的下巴，削得过分平的颌骨，还有相似的眼睛，毫无差别的鼻梁，以至于所有人看起来都像是同一个人——她们或许不是同一对父母生的，但或许都经过了同一段潮流的影响，同一个医生的再造。

为自己涂抹蜜糖是否正当，其实也不必讨论。有生的日子，我们都得设法使自己拥有悦人的价值，女人得穿高跟鞋，男人得小心地保持一种形象，在暗处点烟的时候，得"皱着眉头，就像一个饱经风霜的硬汉子，啪一下掀开打火机，火光闪烁照耀出一个男人昙花一现却无比强烈的图像"。柯以敏得在超女比赛里严苛些，像个恶毒的老巫婆；专栏作家要有金句，微博上要想引人注意，得表现得像个异见人士。每个人都涂抹着蜜糖，等待某个戈多的光临，人的死亡因此分为两种，一种是生物性的死亡，另一种是取悦未遂或者取悦的价值消失之后，社会性的死亡。

安全的性感

在新一届"快乐女声"开始的时候，回顾一下"快女"（前身是"超女"）领域的成就是有必要的。尤其是 2009 年的"快乐女声"，推出了一个江映蓉，一个有别于多数"快女"的、成人化的性感偶像。这种形象，不但"快女"里少见，在内地娱乐圈也属罕有。

在她成为全国总冠军后，天娱迅速开始了对她商业价值的开掘，他们给她的定位，是女版迈克尔·杰克逊；其实，她的形象更接近麦当娜。这种对她性别的有意扭曲，说明了天娱最初的顾忌——强调才艺，与逝去的男性巨星的舞艺歌艺进行对接，而回避性别对接之后与性有关的一切联想。最初的小心翼翼，已经说明了在挖掘这座性感之矿的路上有太多暗影。两年过去了，这位性感偶像的进展如何？

对于内地人来说，性感偶像，其实可有可无，但又必须要有，这就好像一个"像样的"城市必须要有麦当劳和肯德基。性感偶像，舞台形象倒是核心，但还要靠持续不断的爱情、绯闻、充满淫靡气氛的小道消息来包裹；靠索尔斯坦·威布伦所说的"摆阔消费"（conspicuous consumption）——天降般的来历不明的财富，来制造排场。

这都是城市的要素。城市，得是开明的、开放的，容得下各种欲望、各种人际奇迹。城市，还得是远离劳动的。城市神话，就建立在以较少的劳动和不劳动就可以维持一种体面的生活上。性感偶像正肩负此责，他们得像伊丽莎白·泰勒那样不断奔赴下一段爱情，又要像章小蕙那样拼命花钱。他们是多余的，对于一个像样的城市，或者一个正在城市化进程上狂奔的国家来说，又是必须要有的。

但对内地娱乐公司而言，创造性感偶像，难度不亚于仓颉造字。问题不在于什么样的性感是有效的，而在于什么样的性感是安全的、能通过审查的。

只有向香港学师。20世纪70年代的香港性感女星没法学，她们多半成名于风月片，外形上，"或者潘金莲款，或者爱奴型，风骚挂相，刻薄入骨，嘴角还要点上黑痣算作盖章论定"。性感女神们一律粗、矮、胖，而且臀位低，"不是坐着也像是坐着"，完全不符合新时代形体要求。八九十年代的邱淑贞、李丽珍、舒淇和钟真式的性感，也没法参照，因为不可能有影像作品的支撑。倒是2000年后的性感偶像如林熙蕾、Maggie Q、麦家琪，大可以效仿，她们统统高大茁壮、正大仙容、神情冷峻，绝不存撩人之态，还往往有欧美生活背景，正是崛起的大国所需要的性感。江映蓉于是应运而生，她高大，眉眼立体开阔，性格爽朗，而且还是在部队大院长大的。

天娱选择这种性感表达，是必然的。内地的现实是：一个以清纯为特征的女明星，可以走光，可以贩卖隐私，然后再躲回清纯的壳里去，在这种拉锯战中使自己的形象张力最大化；一个以性感为帜的女星，反而不能过分张扬。我们不可能捧出一个真正意义上的艳星，江映蓉提供的是一种正经的、健康的、帝国女郎式的性感，她有清白的出身，被阳光晒出来的健康肤色，她得努力参加公益活动，而绝少渲染情事，更不能有负面新闻，只在歌里"野"一把。和阿朵、巩新亮一样，这是一种形式上的性感，衣服穿少了，妆化得浓艳了，但骨子里照旧戒备森严。

对性感偶像的需求，于是再度被挤压到情色片已经萧条许久的香港去。萧若元父子出品的三级片《肉蒲团之极乐宝鉴》和新一代艳星就此登场，但，刁诡的是，扮演铁玉香并一举成为香港新晋性感女神的蓝燕，不但来自内地，还曾是新版《红楼梦》里林黛玉的候选人。电影开拍不久，她立刻抛出与唐季礼的露骨情事。在面对记者时，她的表现几乎可以成为心理分析的范本，镜头前，她垂下浓妆的睫毛，然后淡然说出："我不想破坏我和他之间的——"随即又扬起眉头，用一种不耐烦的语气说："友谊"。她成功地扮演了一个性感的坏女人，说明内地女星完全可以胜任性感偶像——这个城市神话的全部职责。

这也正是内地城市化的映射，我们有城市的一切，甚至能满足保尔·J. 蒂利克对城市的要求："大都市应该提供人们只有在旅行中才能得到的东西，那就是新奇。"可从精髓上，内地城市距离大城市还很远，有种种限制，种种羁绊。但它的成员，却已经准备好了，一旦脱离它规定的语境，就能迅速成长。

无鬼之炊

　　宋丹丹小品里，夫妻俩调情，女人指责男人尽给她看鬼片，"吓得我直往你怀里钻"——这可能是恐怖／惊悚片选择跨年档和情人节档期的动机之一。当然，真实的原因是，恐怖／惊悚片是少数能够盈利的电影品种，怎么着都得放个好档期。暑期档是禁区——要保护青少年——只有放在跨年档和情人节了。那么，中国人不忌讳吗，大过年的放这个？不会。因为，我们的恐怖片里，不会有鬼。

　　轻度的、可控的恐惧，未必是居家旅行必备良品，却也是不可或缺的生活调料。《恐怖：起源、发展和演变》里说，恐惧感来自扁桃体中神经细胞间微小的纤维链扁桃体，扁桃体"确如轮轴一样是恐惧之轮的核心"。一个人，如果老是天不怕地不怕，多半是因为患有扁桃体反应缺乏症。这么说来，恐惧是天赋的，由身体里的硬件造成，天然合法。合法的情感，当然需要激活，需要释放。恐怖片正担此任。

我们从前并没有真正意义上的恐怖片，但，恐惧情绪必须要有个疏解的渠道。于是，20世纪80年代，恐怖片通过两类电影体面地借体还魂。其一是"反特片"，恐怖片里应有的一切，这里都有：女尸、惨叫、雷雨之夜、扑在窗子上的黑影、黑色橡胶雨衣、口罩后的眼睛、黑洞洞的枪口、阴森森的古刹、幽暗的地道。另一种，是以公安干警破案为主题的"惊险片"，故事动机往往是夺宝或者寻找动乱年代的余孽。这类电影里最经常出现的反面形象，不是走私集团头子——大部分时间他们伪装得很好——而是医生或精神科医生。他们常常在雷电交加的晚上，用给牲口打针的特大号针筒，给受害者打迷药。精神科医生昂秋青和舒伟洁后来合写了一本名叫《恍惚的世界》的电影书，大力谴责这种对医生的妖魔化。

这时候的恐怖片，处处都有现实的烙印，恐怖得太老实了，恐怖得太此时此刻了，人们渐渐不满足了，转而追求更具普遍意义的、更空灵些的恐怖。1989年，《黑楼孤魂》出现了，以现代社会为背景，而且当真有鬼。给它撑腰的，是80年代后半段的狂欢气氛，那些直接以录像带形式发行的影像制品里什么都有——鬼怪、连环杀人狂、色情。

在《红楼梦》里演过探春的东方闻樱，一走出大观园，立刻投奔怒海，或监制或出品，炮制了许多录像片。范美忠从前供职的光亚学校的校长卿光亚，提起自己的发家史，也并不隐瞒——拍录像片，"半裸的野人跳啊跳那种"。我的朋友至今对他看过的两个国产录像片津津乐道：一个讲的是落到地球丛林里的半裸的女外星人，用安装在头上的激光发射装置消灭迫害她的野人的故事；另一个是一个野人和警察在火山口烤骷髅头。现代社会的电影里应该有的，在彼时的录像片里全都出现了。

没猖狂多久。90年代旋风一般的来了，那个年代，是光洁整齐的乌托邦，有大量光洁整齐的高楼为证。80年代的这些事，立刻成了语焉不详的史前文明，鬼怪更是庞杂污秽的东西，没能进入这个光洁的时代。《电影管理条例》、《电影剧本（梗概）备案、电影片管理规定》里，暴力、恐怖、灵异，都是必须要删减修改的元素。

恐怖片还是要有的吧。既然不能闹鬼，内地拍的，或者进入内地的恐怖片，只好闹人。或者是装鬼，或者归为幻觉、梦境、精神疾病。闹钟响了，医生冷冷地说"你该吃药了"，成为最经常的结尾。

《闪灵凶猛》、《凶宅幽灵》在极尽铺张的鬼影重重之后，都给出了现实的解释。而彭氏兄弟的《见鬼2》，在香港上映时是有鬼的，内地上映的版本里，被修改为心理问题。此外还有徐克的《深海寻人》，精神问题解释了一切。怪力乱神电影，由此成为一种智力考试，像一种酒桌游戏，说什么都可以，就是不能说"你、我、他"。影人要在不能说出那个字的情况下，制造恐怖，像在没有鸡蛋的情况下，做出一碗鸡蛋汤。

不过，又何必看恐怖片呢，要释放恐惧情绪，我们的社会新闻，是更好的地方。新疆黑砖窑，远比《得州链锯杀人狂》要恐怖。所以，事情可能是这样的，当社会问题无法管理的时候，就得着重管理情绪，既然没可能刮骨疗毒，剪掉箭尾也是好的。

盗墓

即便此前已经有心理准备，《盗墓笔记》和《鬼吹灯》改编电影的盛况，还是让人意外，大制片公司争抢版权，大笔资金投入制作，《盗墓笔记》的概念海报在戛纳电影节场刊的首日封底亮相，这在内地文学界，是绝无仅有的事。当然，作为"盗墓小说"的读者，我曾不止一次地琢磨过一件事，在《鬼吹灯》开了"盗墓小说"先河之后，同类小说满坑满谷，为什么唯独《盗墓笔记》和《鬼吹灯》能脱颖而出？

其实早在 20 世纪 80 年代，内地就出现过盗墓题材的电影，而且名噪一时。比如 1986 年上映的电影《东陵大盗》，这套电影由西安电影制片厂投拍，李云东导演，主演是"蒋介石专业户"孙飞虎，讲述的是军阀盗挖和争夺慈禧墓葬珍宝的故事。最初计划要拍 10 集，因为种种原因，只拍了 5 集，但就这 5 集，也曾引起观影狂潮，并让西影厂脱贫致富。还有 1989 年的《夜盗珍妃墓》，所讲述的，也是类似的故事。2006 年后，与盗墓有关的小说和电视剧，更是大量出现，但都没能成气候，也很难被人铭记至今。

原因或许是他们太质朴了，太实在了，不论《夜盗珍妃墓》还是《东陵大盗》，盗墓只是个引子，大部分笔墨，落在军阀与志士、侵略者与护陵人之间的斗争上。于是，军阀只是军阀，再强再恶也有局限，夜明珠只是夜明珠，再大也不过荧荧寸光。而《鬼吹灯》和《盗墓笔记》更接近美国比较神话学家约瑟夫·坎贝尔对神话的描述。墓葬制造者，是神话英雄；奇珍异宝，是隐喻承载者；而不论探险者还是野心家，都是走遍大地的说书人。他们的冒险，更像是入场券；他们的争斗，更像是一唱一和，为的是给讴歌提供合理的节奏。这两部书，不是斤斤计较的现实主义，而是我们这个时代的神话。

尤其《盗墓笔记》，是以墓葬为线索，重述中华文明史。探险者进入墓地，与其说是盗墓，不如说是拜谒，拜谒那些文明缔造者和存留者，为他们在想象中达到的高度点赞。在神秘怪物的围绕下，在遗迹和珍宝之间，探险者们假装要重现当时的人们对自然的理解，实际上却是在揭示、夸大和膜拜，膜拜他们在混沌初开年代所做的贡献，在文明的起点所做的积累。探险者不是主角，那些成神成圣者才是。所以，这套书里的冒险，常常以墓穴坍塌作为结局，貌似贪婪的探险者，只能带出微小的战利品，就连这点战利品，为的也是给下一个故事提供功利的动机——他们本来就不是去盗墓取利的，他们也不可能从神话中带出物品。

这种神话，不太可能出现在上世纪 80 年代，因为，它高度依赖"它身处时代的宇宙论"。它的想象边界，完全来自这个时代的科技进展和科学体验拓展。贯穿《盗墓笔记》始终的，是"永生"热望，但，从西王母到汪藏海，所使用的永生手段都是技术性的，尸鳖、陨玉、鸡冠蛇王囊括了永生的几大技术难题：尸体保存、再生，记忆转移——尤其最后一项，才是重生的真正要素。这种记忆观，只有在这个时代才能产生。我们这个时代的网络文学，也大都如此，穿越小说，有赖于新的时空观，奇幻神魔，有赖于新的宇宙观。

当然，手持新的宇宙论制造神话的排头兵，是好莱坞。超人、蝙蝠侠、美国队长、绿巨人、蜘蛛侠、钢铁侠、超胆侠、青蜂侠、X战警、变形金刚……好莱坞不停地用电影或者别的媒体手段，给他们积累故事、酝酿历史，发酵形象，在未来，他们或许都将发展成我们这个时代的众神。

所以，可不可以大胆一点儿，做个这样的假设：我们身处的，其实是又一个批量制造神话的时代，在人类即将（也有可能是已经）走过科技瓶颈期的时刻（这个时刻的重要性，不亚于文明起始），科技宇宙里的众神，正在蜂拥而出，众神也成为此时此地人类经验的隐喻和象征。他们不是事实，但他们所隐喻的是事实。就像在遥远的当年，当人们刚刚理清气候周期、自然规律时，众神蜂拥而出一样。他们也不是事实，但他们所指涉的是事实。

　　这大概才是《盗墓笔记》和《鬼吹灯》（还可以算上许许多多被正人君子蔑视的奇幻魔幻小说）受到热爱的原因，它们呈现了这个年代的想象力边界，给如饥似渴需要新编神话的我们，书写了一半神话。而另外一半，将在我们走出墓葬，丢掉《山海经》，抛下这些还带有自然敬畏色彩的精神遗产后，才能真正完成。

硬汉

许多港台偶像派男星，陆续在内地从戎——影像里。刘恺威主演了《战火西北狼》、吴奇隆主演了《向着炮火前进》、周渝民主演了《彼岸1945》，略早还有钟汉良，主演了谍战戏《内线》。至于内地男星，更是必须要过军装扮相一关，陈道明、李幼斌、黄晓明、吴秀波、孙红雷、黄觉、冯绍峰、侯勇、范雨林、邵峰、朱亚文、杨志刚、李晨、杜淳、凌潇肃、张峻宁，都陆续服过银幕兵役。而搜狐推出的"娱乐圈100张新面孔"中的男星，多数是凭借军旅戏走红。

当然是因为最近几年的银幕风向，《暗算》和《解密》发起谍战戏热潮，《士兵突击》又让当代军旅戏成为一时风尚。有热度，又较少风险，因此，这两年立项的影视剧里，这类作品还有好多，可以预见的是，以后几年的银幕上，还会出现大批的军装男。华人男星想绕过军装戏，已经不大可能，军装扮相成为现阶段男演员的立身资本，成为娱乐八卦论坛品评男星相貌风采的金线。而这类金线上一次出现，是在清宫戏大热的时候，男星剃头后的扮相被频频集中起来进行对照，清装扮相不过关的，都被投以悲观的预期。

军装有一种功能，可以使穿上军装的人被寄托与男性气概、人性品质有关的假想。起先我以为这在于军装的设计，它让人显得英挺板直，成为对穿衣人的提喻，似乎他们更具阳刚之气、更富责任心。但后来发现，那些在设计上趋向于"垮"、"散"的制服，也有同样的功能，例如消防员、保安、电工的制服，也一样可以充任精神外壳，让人进一步对制服里的人产生气质上的联想。

显然，制服衬人提人，不仅仅是因为制服本身的特点，而是因为它的样式统一，模糊了单个人的特征，却也进行了人性集中，似乎穿上一身衣服就可以集中很多人的品质，让所有穿过这类制服者的事迹堆加在一个人身上。毛姆所说的"正常人"，就是这种堆加的结果："所谓正常其实是最罕见的。正常其实是一种理想。是人们根据人性的共性编排出来一幅画。要想把这些人类共性在一个人身上找到实在太难了。"

用军装编排出来的，就是那样一幅人性的画卷：刚毅、大度、不计得失，富有男性气概，敢于冒险、有反抗的决心和能力，符合哈维·C.曼斯菲尔德对"男性气概"的定义——"男性气概就是在有风险情况下的自信。问题可能是实际的危险，也可能是你的权威受到了挑战。将这两者加到一起，你就有了某种客观的风险，比如一场战斗。具有男性气概的自信或者男性气概，就意味着在那种情况下有能力负起责任或具有权威。"

银幕上的男人，最重要的职责，就是制造人性幻境，表达男性特质，制造那些由一千个男人合成的男人。穿军装因此成为最便捷的方式。

尤其是在中国银幕极度欠缺具有男性气质形象的情况下。在别处的银幕上，让一个形象富有男性气质，最常用的手段是把他置身于一种危险的情况下，让他成为一种权威的对立面，以便实现"有风险情况下的自信"。他反击土匪强盗、调查黑帮阴谋、揭发财团黑幕、逃避间谍组织追杀、反抗乌托邦式未来世界，从约翰·韦恩、哈里森·福特、施瓦辛格、马特·达蒙、休·杰克曼到高仓健，他们的硬汉形象，都被这种故事框架成就。当然，一身肌肉也是硬汉标配，脱得了上装，才扮得了硬汉。"反抗"是隐形的制服，肌肉更是一种通用的制服。

这两种情况，在中国银幕上，都是不大行得通的。以"反抗"为主题的当代故事，在题材上就有风险，不论反抗的是黑帮、财团，还是情报机关。肌肉更不是中国男星的必要配件——中间女性还没强大到可以公开定制银幕男性形象的地步。所以，当韩国男星元彬借助电影《大叔》转型成为冷酷硬汉后，中国观众在影评中呼吁"给我一个平头的男人！"男性气概是一种抱负，这种抱负从来没有在我们这里实现过。

即便有了一个"反抗"的故事，而且主角有肌肉，观众也不大相信，生活的重压之下，没有中国人相信一个男人会为调查水源危机而亡命天涯。中国银幕上没有现实背景下的硬汉，是因为某个隐形的尺度，不是管理机构的尺度，而是观众的尺度——他们不相信当代男人拥有"危险中的自信"。

军装戏因此成为唯一的、最后的、安全的领地，在那里，男人们血气张扬地反抗着日寇或者是伪军，生龙活虎地锻造着自己的身体和人格。到目前为止，中国银幕上的男性气概，必须借助一身制服，才能得以实现。而军装戏大量出现，说明的不是男性气概在现实中的充沛，恰恰是它的稀缺。

血缘

资源分配严重不公，使得国人目光炯炯地盯着"二代"们，"官二代"（"官三代"也已经登场）、"富二代"等。这样一路盯下来，各种"二代"里，到底还是"星二代"、"文二代"经得起深究。

因为《艋舺》、《致我们终将逝去的青春》以及和高圆圆的恋爱，赵又廷成为新一代小生里最炙手可热的人物。本以为他是横空出世，但向着他的来历略微望了望，却发现，他也是"星二代"，他的父亲，是台湾知名艺人赵树海。

从前的艺人，往往来自江湖，20世纪60年代之后的台湾演艺圈，却吸引了大学生加入。赵树海就属于这一拨，他以民歌手身份出道，曾是台湾民歌运动的干将。80年代初，民歌和爱情文艺片一起走了下坡路，赵树海及时转身，投身电视业，策划儿童节目，主持综艺节目，并在1988年，凭借他主持的《大家一起来》获得第23届金钟奖最佳综艺节目主持人奖。

或许因为策划过儿童节目和益智节目，赵树海对儿童教育问题格外留心。他出版过童谣集，两个儿子出生之后，他记载两个儿子生活中的点滴小事以及自己的育儿心得，这些文章，最后汇集成《听赵树海说的书——父子篇》。赵又廷在其中占据了大量篇幅。从这本书里看，赵树海并没打算让儿子成为艺人，但冥冥之中又有一条线，引着赵又廷在职业选择和人生方向上逐渐向着父亲的行业靠拢，成为艺人总是出自"世家"的又一例证。

　　潘光旦先生写过一本《中国伶人血缘之研究》，分析艺人家庭的族谱，看似以艺人血缘延续为主题，其实是一本人才学的著作。他着力于论证艺人也是人才（考虑到这本书成书于 1938 年年底，这种姿态并不奇怪），而且是一种"很复杂的人才"，因为艺人这个职业有血缘延续性，在某些家族非常集中。作为样本，用来研究人才的成因，最方便不过。

　　在他看来，艺人以世家的面貌集中出现，是因为风俗、文化的原因。艺人在舞台上受捧，生活中被轻视，陷入"隔离"（segregation）状态，成为一种"被隔离的人才"。面临婚恋时，只有在业内寻找对象，其结果是"把许多所以构成伶才的品行逐渐集中起来，使不至于向团体以外消散。有时候因缘凑合，并且可以产生出一两个极有创造力的戏剧'天才'来"。艺人家庭的气氛、学习教养乃至交际圈，也影响了后代，使他们一落地就成了学员，此后走上从艺之路，并不奇怪。

这种"隔离",在今日今时,其实并没完全消失,反而因为娱乐公司对艺人的严格控制,又有越来越严重的态势。所以,艺人选择婚配对象,还是倾向于艺人,因为,唯有处境相同者才能互相理解,理解那种浮华之中的不得已,理解终年奔波分离。选择艺人作为配偶,其实是和这个职业签订长期合同。这样的家庭气氛下,后代难免成为"演二代"、"星二代"。一旦有艺人在婚恋时选择业外人士,尤其是富商,基本上可以肯定,他们已经生了告别之心。

也有艺人,并非出自艺人家庭,但必然有热爱艺术的父母。伊莲·佩姬的父亲是房地产经纪人,业余鼓手,喜欢爵士乐;母亲是帽子裁缝,业余歌手。她成名后曾说:"童年时我的屋子里总是有很多音乐。"十岁之前的环境就这样决定了一生,让她甘愿冒着身高只有 151 厘米的风险,去上舞台表演学校,并投身舞台剧。

相较于"官二代"、"富二代"等,"星二代"、"文二代"更少引起非议,归根到底,还是潘光旦先生说的,艺人"比别种人才更为响亮"。因为艺人的客观性比较大,他们要公开演出,要接受观众品鉴,不得不靠真实的本领,"艺术上稍有瑕疵必无从掩饰"。可见,能够公开展示的,必然是最少疑问的。

挂 相

　　金城武、莱昂纳多·迪卡普里奥、基努·里维斯、裘德·洛这几位，最近老是被拉扯在一起说事，他们的外形有了变化，他们老了，胖了，发际线后移了。

　　没人蠢到认为人能抵抗时间，但演员常被寄予这种期望，他们的职责之一，就是制造长生不老的幻觉。既是幻觉，总要破灭。上一代人，或者上上一代人，已经目睹了他们那代明星的衰老，已经幻灭了、认命了。他们缄口不言，因为这是铁律，而他们却曾寄予幻想，破灭了的幻想都是秘密。这一代人才刚刚开始接受自己时代男神女神的老去，之所以大惊小怪，是因为还没来得及反观自身。这是刀锋时间，极锋极利。

　　总得有点交代，金城武的经纪人出面表态："不同年龄本来就要有不同的状态，总不能要求他永远停留在20岁。"金城武本人也托人带话出来："与其为了获得他人对外表的赞美而花费心力、金钱，不如用在对社会大众更有意义的事情上。"而下一次露面是出席吴宇森电影《太平轮》开机仪式，报道的重点是他的身形依然健美。大家都有点战战兢兢，怕的不是他的老，而是他的老一旦坐实，势必带出自己的老。

当然，老无可免，退一步的要求，是可以老，但不要挂相。

挂相，是北方话，有好几种解释。一种，是说心浅，藏不住事，喜怒哀乐动辄呈现在脸上，打个牌，赢了笑，输了拉长脸。另一种，指身体浅，藏不住酒，喝上二两，脸红脸白，或者藏不住病患，有点小毛病，脸黄脸黑。还有一种，说的是人的相像，一家人，儿子跟爸爸像，也叫挂相。挂相，是身体里的基因、情绪、健康程度的外化。

最常见的一种含义，像是前几种说法的综合与引申：一个人把自己的性格、经历、职业写在了脸上，叫挂相。警方警示市民防盗，会说，扒手都挂相，贼眉鼠眼，东张西望；超级大都市的居民瞧不起外省人，也说他们挂相，穿着落伍，神情猥琐，在公共场所丢垃圾、吐痰的，那都是外地人；新派面相学家会告诉你，搞外遇的男人挂相，统一特征是"脸青无血色、眼睛深陷、人中有细线、山根有黑线"，当然，小三也挂相，"眼角向下、眼神复杂"。《潜伏》里的吴敬中对翠平表示不屑，则这么说："翠平这个蠢得挂相的女人，会是共产党的探子？"

我们对娱乐圈中人的要求，非常矛盾。明知道他们身在声色犬马中，却又希望他们所经所遇不要反映在脸上，或者，反映得慢一点儿、晚一些。

凤凰网某期《非常道》节目，主持人何东与李宇春对谈："我说你还好没去酒吧。"李宇春愕然。何东予以详解："因为我见过有的人一个月，两个月还好，时间长了就挂相了，行业会让人挂相的，那个生活也会给人一种痕迹。"

王尔德的《道连·格雷的画像》，因此可以被视为解读娱乐圈（或者一切以强烈欲望为燃料的圈子）的读物，美少年道连·格雷第一次露面："红红的、曲线柔和的嘴唇，直率的蓝眼睛，鬈曲的金发……年轻人的一切坦率和纯正都写在那里。你感到，他不受世俗的玷污。"您瞧，此处的重点，并不是相貌本身的物质美，而是"不受世俗的玷污"。随即这位美少年投身欲望油锅，但还好，他与自己的画像之间，建立了一种奇怪的通感。他的遭遇，他内心的残忍、虚伪，都反映在那张画像上，而他却毫发无损，直到终于彻底崩溃。

这正是娱乐圈的残忍之处，聚光灯下的人，在没有画像佑护的情况下，等待被涂污而后抛弃。在这个过程中，我们要求他在投身欲望深海的同时，竭力维持自己的干净纯白。这种要求，隐蔽而又明目张胆，善良而又残酷，像是看走钢丝绳表演，希望走绳的人不要掉下来，却完全忘了，我们的围观，就是让他走上去的动力。

青春

1991 年 8 月，一部名为《Beyond 日记之莫欺少年穷》的电影上映，导演是宋豪辉，主演是黄家驹、黄贯中、黄家强、叶世荣、万绮雯以及刚刚在香港成名的王菲。

电影主人公，是四个年轻人，他们组建了自己的乐队，试图实现自己的音乐理想。但他们身处的现实，貌似和这理想并不兼容。

家驹的父亲母亲，住在狭屋里，热情洋溢地面对生活，给家人设定的终极理想是移民美国。为了实现这一理想，就得"努力撼钱"，他们把这四个字写成标语，贴在客厅里。父亲用管理员工的方法，对家人进行管理，定期开会，给家中每个人设定月度目标，每个人的绩效做成量表，张贴在墙上。为了筹钱，他们在楼道里摆卖早点，连电梯都没有放过，乘坐电梯的人得和埋头吃叉烧包的顾客同乘；为了筹钱，他们贩卖走私烟、装乞丐卖艺；为了筹钱，家驹到处兼职，以至于因为体质过差，差点无法通过移民体检。

自强穿起西装，进入一间金融公司任职。在老总的严苛管理、绩效量表的催促之下，到处寻找客户、扫楼、游说亲戚，以至于在家宴上，当他向亲戚递出名片时，亲戚全都借故溜走。他的七婆为了支持他，将五万块钱棺材本拿出来让他炒汇，却被公司老总设陷套走。

世荣和贯中的经历，也多有相似。身为香港人，他们落地就进了一家大公司，不得不努力向上，"公司"挥手指向何方，他们就得把自己的人生方向定往何方。

《莫欺少年穷》中，四位乐手的经历，与 Beyond 四子的经历并不完全重合。但这部电影，却用许多充满世俗热度的香港生活场景，解释了 Beyond 受欢迎的原因：这拥挤、繁荣、喧嚣的城中，已经少有人谈及理想，也难得将目光投向开阔之地。而 Beyond 却以他们的歌、他们的经历，重拾理想，他们是一个梦想综合体。

而吊诡之处在于，他们能够受到拥戴，他们咏唱的理想能够得到回应，却也正是因为香港人的苦劳苦作以及这座城市的高度繁荣。

20 世纪 60 年代末，香港经济起飞，1970 年前后，正式成为 GATT（关税及贸易总协定）的成员，经济走向多元，金融业得到极大发展。80 年代，得益于内地改革开放，制造业内迁酿造新的热点，人心向上。与此同时，内地，也正经历变革，与香港同时进入一段酣醉期，人心向上，"香港梦"

渐渐燃起，社会能量充盈丰沛。

香港流行音乐的生态，在这个城市走出独立行情的同时，也在发生重大变化。

20 世纪 40 年代，因为时局变化，华人文艺中心和文艺人口分别向两个地方迁徙，一拨从上海迁到香港，此后三十年，南下文艺人口和香港本土文艺人口，国语电影和粤语电影，国语歌和粤语歌，一直在进行微妙博弈；另一拨迁移到了台湾，此后，相似的情景在台湾出现，国语电影与闽南语电影、国语歌和闽南语歌的此起彼伏，一直在进行。

20 世纪 50 年代之后的香港流行音乐，更像是老上海流行乐的山寨版。歌曲的创作、演唱模式，承接的是上海时代的风貌，粤语歌被视为不入流，听众多半属于劳工阶层。70 年代之后，"由华入洋"的同时，粤语文化也在觉醒，逐渐成为主流。许冠杰和罗文等明星对粤语流行曲做了整理提升，许冠杰创作了带有抗议讽世色彩的歌曲，罗文的《家变》唱人生哲学，《小李飞刀》之类的影视歌曲让粤语歌从古意里汲取诗意，酿成一种独特的曲风。粤语歌的听众，从工厂妹工厂仔，渐渐拓展到所有人。

也是在这段时间，香港出现"乐队潮"，大量摇滚乐队开始涌现。1986 年，乐队潮开花结果，香港乐坛在这一年出现了 21 张乐队唱片（单曲和 EP 占了 10 张），Beyond 乐队也是在这一年三月自费出版盒带《再见理想》。与此同时，"达明一派"推出首张 EP《达明一派》。

正是这座城市的繁荣，培育和激发了他们的反叛。也正是这种繁荣，容纳和倡导了这种反叛，甚至用成熟的娱乐业流水线、用高度发达的传媒，把他们推上巨星位置。

　　所以，当我们结合 Beyond 所在的时代来看时，不免觉得，他们的传奇身份和神话地位，是有说服力的。他们的音乐和那个时代的充沛能量之间，有应和关系。人有青春，时代也有青春，Beyond 乐队，表露的不只是他们的青春，他们也以他们的青春勃发，以他们的信心充沛，成为那个青春时代的象征。

岛屿

要想在这个年代吓到别人，最好的办法是告诉对方"你 OUT 了"。腾讯娱乐专题，特意点出几位红到发紫，却不在我们视野里的韩流明星：鹿晗、吴亦凡、权志龙、尼坤、宋茜。他们人气高涨，演唱会一票难求；他们空降北京，接机的粉丝在机场聚集，让首都人民饱受惊吓；他们随便发条微博，就有几万乃至百万回复。我们不知道他们庞大的存在，我们 OUT 了。

自然要寻找原因。他们的魅力，通常都被归功于韩国娱乐业的高度发达。有演艺潜质的孩子，打小就被娱乐公司签下，以练习生身份接受严酷培训。娱乐公司，耗费巨资对他们进行培训和整容，例如 S. M. 公司，每年在团体成员培训上的投入，是十亿韩元。他们之中最优秀的才有可能出道，然后是精耕细作的包装。韩流去了一波，又来一波，每一次都让人惊异，不是没有道理的。

不过，若把镜头从他们身上拉远一点儿，不难发现，这三十年，我们的娱乐生活始终被周边的岛屿或者半岛左右着：港台、日本、韩国，他们提供内容也提供制造内容的方式，他们创造结果，也影响我们接受的习惯。我们的娱乐记忆，多半和他们有关。岛屿像不远处的葫芦、宝盆、浮城，处心积虑地，布置下四面楚歌。

岛有岛的美好。丹纳在《艺术哲学》里用了大量篇幅赞美希腊，在他看来，希腊文化与希腊的自然环境关系密切，岛上的阳光、海风、植物、土壤，岛屿封闭又开放的性格，让岛上的居民比别处的人更机智聪明。岛屿上往往没有什么特别的巨大高山、河流，也没有过于广阔无垠的森林、平原，什么都是大小适中的，"容易为感官接受"，这一切都有助于培养出善感的心灵。

岛也有岛的焦虑。日本文化研究者，常常提到他们对"大"的渴望和纠结，对地震和火山爆发、资源紧缺的慢性忧患。他们格外渴望变"大"，渴望膨胀与扩张。"实在"的手段，后来都被证明是行不通的，只好在"虚处"着手，用文化上的扩张让自己变"大"。英国、日本、韩国文化创意产业的产值、出口值和占全国 GDP 比例，都在说明这一点。

有趣的不是他们的扩张，而是人们的欣然接受。那些岛屿，已经理所当然地成为我们娱乐生活的后堂以及娱乐内容的制作车间。他们声张这种地位，而我们也予以默认。这或许不只因为他们提供的娱乐内容的质量，也因为我们对岛屿的乌托邦想象。

德国作家朱迪丝·莎兰斯基写过一本名叫《岛屿书》的奇书，书中写了 50 个岛屿。在她看来，在岛屿上发生的人和事，"恰恰拥有最大限度的文学潜能"，"岛屿是一个剧场式的空间，这里发生的一切几乎都在不可抗拒地浓缩为短篇小说、乌有之地的小型戏剧以及文学素材。这些故事的特色乃是诗与真的不可分割，现实被架空，幻想照进现实"。

我们对韩国日本的想象，正是基于这种岛屿身份带来的文学潜能。岛屿，总是似近还远，似幻还真。虽然和我们只隔着一片海、一种语言，但却由此成了一个异域。它的小、封闭、孤独，非但没有成为它的缺陷，反而让它成为一个摇篮，更容易培育情绪，也更容易打理，更容易成为一个完美世界。

我们愿意想象，那里像一个穿过隧道就能到达的桃花源或黄金国，街道整洁、生活井井有条，而他们也用精致的影像、高度控制的肢体表达、完美的妆容，来迎合着我们的想象。"韩流"的核心推动力，其实是一个文化上的"超我"，供正处在四分五裂世界中的人们去寄托理想。

劲歌

老歌手复出，成功的不多，张蔷是例外。她的新专辑《别再问我什么是迪斯科》，凭借点击率和话题性，成为这一年最受瞩目的流行音乐专辑。这个例外发生在唱片业的苍茫时刻，更显奇诡。也许，她能在自己的巅峰期过去二十五六年后复出成功，是因为她从没有真正进入主流，没被过度消费过，那种消费，会令任何一个从艺者湔色，而她却保留了自己的颜色，而且是一种异色。

她的歌唱生涯一直带着这种异色。1983 年，她 16 岁，还在上高一，参加海淀区举办的青年歌手大赛，声音、台风、装扮，都引起轰动，却没能得奖，原因是"她唱的歌不适合当时的政治气候"。比赛结束，有人建议她去广州的茶座唱歌。多年后，张蔷说，那个建议给她的感觉是，只有广州能够接受她。

事实上，她得到的舞台，远比广州大。20 世纪 80 年代的宽容、大方、勇于尝试，远远超过想象。

　　她没能获奖，却得到机会，开始录制盒带。她甚至有选曲的自由，在母亲单位（她母亲是中国电影乐团交响乐队的小提琴手）资料室的盒带里，她选出自己喜欢的歌，交给和她合作的影像出版社，由他们找人填词译词以及配器（编曲）。编曲的主要方针是将那些歌曲改编为适合跳舞的劲歌范儿，例如张蔷最脍炙人口的《害羞的女孩》本是一首民谣，沈雁和罗宾演唱的版本，都柔和而惆怅，经过重新编曲，成为劲歌，曲调和节奏都发生了变化。张蔷翻唱过的歌，不论原来属于邓丽君、凤飞飞、千百惠，还是齐秦、潘越云，多半都会向着这个方向演变。

　　这是张蔷走红的原因。20 世纪 80 年代，舞曲、劲歌是民间的主流，张蔷的声音，是天生电音，她的形象，也是标准的劲歌歌者的形象。

　　而这都显示着八十年代那种拥抱世界的决心，那种追赶延误年华的热情。要知道，就在内地的迪斯科风潮出现前不久，在美国，迪斯科还是亚文化，因其舞蹈动作的性意味，被视为低下层和边缘人群的心头好，迪斯科舞厅，也被当做藏污纳垢之所在。直到 1978 年，迪斯科才上了台面，那一年，成为"迪斯科在媒体眼中合法化的一年"。1979 年，迪斯科进入格莱美音乐奖，迪斯科终于"从'继子'变为'太子'"，美国的乐评人这样说。

　　仅仅几年后，迪斯科元素却普遍地出现在刚刚开放的内地，不论是它的节奏、编曲，还是歌词取向（纵情欢乐、享受青春），抑或与它有关的服饰（蝙蝠衫、紧身裤、金光闪闪的配饰、夸张的发型），还有舞厅格局（镜球、灯光、烟雾发生器），都成为风潮。

张蔷差点就要成为咱们的唐娜·萨默（美国的迪斯科女王）了，但她没能完成这个任务。尽管1985年的《时代周刊》将她视为当时最重要的六位歌手，列在邓丽君之前，但她的歌唱生涯，始终像潜流，像野史，或者副册。

她从没上过电视节目，也极少得到纸媒报道。关于她的资讯太少了，以至于许多人以为她是外国人；因为人们只在她专辑封面上看过她的大头照，又有人以为她患有小儿麻痹症，以至于她的第三张专辑《青春多美妙》，特意在封底使用了一张她的全身泳装照，以正视听。2013年底，为新专辑做首发演出前后，她很担心自己的舞台表现，因为她属于录音棚歌手。

也正是如此，关于她遭遇封杀的传言就没断过。1986年，百名歌星在京参加《让世界充满爱》大合唱，张蔷没有出现，人们觉得，她依然没被接受。事实上，是因为邀请张蔷参加演出的人和她错过。张蔷在1987年离开内地，去澳洲留学，也被认为是封杀的结果。事实是，出国是当时的时尚，人们认为"有本事的人都出国"。多年后，她否认一切传言："不然我怎么能出那么多专辑呢？"

但迪斯科音乐毕竟也没能以这种高歌猛进的姿态进入下一个十年，即便在美国也是如此。正如作家汤姆·沃尔夫说，迪斯科属于 20 世纪 70 年代这种"唯我十年"，是自我表达和享乐主义的结晶。专栏作家艾伯特·戈尔曼认为，迪斯科文化不是主张爱别人，而是自恋，"是要全身心投入欢乐时光中"。这都不会是主流，不论何时何地。

张蔷之所以复出成功，赢得九〇后喜爱，甚至成为 gay icon（同志偶像），也正是因为所有这些复杂的因素——她的潜流姿态，迪斯科音乐的华丽沉溺以及担任专辑制作的"新裤子"带来的音乐趣味。也因为，她像一个镜像，映照出那个华丽而浓烈的、劲歌遍地的八十年代。不管这种形象有多少是事实，有多少属于想象，又有多少出于人们的选择性记忆。

2146

"能不能再唱一首？"

Z5 坐在评委席的银色坐椅上，对台上的女孩这样要求。Z5 已经不记得这个女孩的名字了，她能记起来的是这个女孩的身体数据，还有，她来自某个恶土移民营——25 光年之外的一个营地，那里已经没有水了，即将被毁灭，居民都将转成"梦体"。尽管忘了她的名字，Z5 还是打算选中她，但她又有点疑心，自己是不是因为选秀旷日持久，过于疲倦，想赶快结束这一切，才打算做出决定。

台上的女孩很沉静，那是种超过她年龄的沉静。她笑了，马上开口："我要唱的，是一首两百多年前诞生的歌。"然后，她开口了："在那遥远的地方，有位好姑娘。人们走过了她的毡房，都要回头留恋地张望。"

Z5 毫无表情地听着这首歌，好像这首歌和她毫无关系。她的形象和声音，正在传送到地球、月球和 5680 个移民营，有两百五十亿人观看，包括一百八十亿"梦体"。她不想呈现出"我是和这首歌同时代的老妖怪，听了这首歌很激动"的表情。

尽管这种歌会让人想起很多事。

他们都说，她是传奇。1946 年出生在北方苦寒之地，孤儿，谢永红是养父给她起的名字。16 岁到了香港，在工厂做工，然后考入宋氏电影公司，改名谢小蛮，在此后的 58 年时间里，演了两百部电影。她一直没打算退出，一直不肯从人们视野里消失。所以，2020 年，记忆移植在小范围实验成功，实验主持者希望为一个有足够影响力的明星做记忆移植时，首先想到她。他们找到她，向她承诺，她的记忆，将会移植到一个二十岁女孩的身体里，她将驻扎在这个年轻的身体里，继续活下去。他们给她看了这个女孩的照片。

她答应了。

时间突然变慢了。对她来说，时间变多了，也变慢了。她周围的一切却以一种不可思议的速度往前行进，地球人开始向着宇宙扩散，在很短时间里建造出许多移民营地，人类增加到两百亿，五次核战，一次星际战争……所有这些，对她似乎都没有影响。她像是沉湎在一个绵长大梦里，有时清醒，有时昏睡。二十年一次的身体更换，让她彻底清醒一次，她换上一个年轻的身体，适应新身体，为新身体惊艳一阵子，改新名字，从谢小蛮一直改到 Z5，然后重新进入昏睡状态。她在这种昏睡状态里演电影、唱歌,去赴军阀的宴请,去新的星球开发地劳军,去被称作"恶土"的濒临废弃的移民地演讲。

她知道这就是永生,但永生的前提是金钱,第一次移植是免费的,第二次的费用是一百亿,第三次是两百亿。她有这个钱。她有点庆幸自己没有错过时机,这事就像乘坐扶梯,第一格没有站上去,以后就永远被甩在后面。她庆幸自己在 1962 年去考演员培训班,在 2001 年去了北京,在 2020 年还在演戏。

2082 年,记忆可以备份了,她知道这意味着什么,她做了记忆备份,她已经习惯了无休止地活着,不想被任何意外打断。意外还是来了,火星劳军的路上,他们遇到了一颗横冲直撞的小陨石,没有一个人生还。但在地球那边,她的记忆,又被灌进了一个二十岁的身体。她的损失是,备份是一年前做的,她缺失了一年的记忆。

如果不是爱情来了,她可能还会昏睡下去。但是,2100 年,她醒了。

他是恶土移民者的后代,英俊、憨厚,没有地球贵族的恶习,也不像他们那么寡淡。他爱笑,会吹口弦。他们一起生活了二十年,直到星际联盟的"梦体计划"开始。那年,人类人口到了两百亿,星际联盟决定,一部分人不再以实体形式存在,他们的记忆要被萃取出来,他们将以记忆体的形式生活在虚拟世界里。虚拟世界的宣传片出现在所有地方,那里的人们永生不死,不用工作,永远游戏,可以去任何地方,而且拥有一个好听的名字："梦体"。

他组织人马，反抗"梦体计划"，人们叫他"将军"。他的将军生涯只持续了三个月。他被处决那天，她在新闻里看到了他，面对镜头，他用夸张的口型，无声地说着什么，她对着镜子模拟了那口型，他说的是"好好活下去"。

她重新沉入那种漫长的昏睡中，只是这一次，她心肠铁硬。人生在世，种瓜得瓜，种豆得豆，这都是人自己种下的瓜，种下的豆。她不再找意外身亡者做记忆移植了，她只找鲜活的身体，她发动选秀，冠军才有资格为她提供身体。

"我选你。"她对那个来自恶土移民营的女孩说。

回到休息室，她的助手迎上来，告诉她，刚刚收到了一段来自二十六年前的匿名信息，标题是"生日快乐"。直觉告诉她，应该打开它。一段嘈杂之后，是一阵口弦声，然后，她听到了他的声音，唱着一首古老的歌：

"在那遥远的地方，有位好姑娘。"

色识记

如果张国荣还活着

那个日子临近了，又将看到那些字眼：烟花烫，蝴蝶，向着永恒纵身一跃，不完美中的完美，划伤了天空……而在生前，他遭遇的，却是流言、责难、质疑、嘲笑，是无处告解，无人伴随。人还是那个人，对待他的态度，却因为他的离去而迥然不同。

想起加西亚·马尔克斯的小说《巨翅老人》。小说里，一个长着巨翅的老天使，在一个冬天的晚上，被雷电击中，落在贝拉约夫妇的院子里。他老态龙钟，羽毛几乎掉光，夫妇俩把他关在铁丝鸡笼里让人参观，每位收取五分钱门票。最后，不论是围观群众，还是贝拉约夫妇，都开始厌烦他。终于，春天来了，老天使的翅膀上重新长出了羽毛，飞离了这里，目睹天使的离去，贝拉约太太"放心地舒了一口气……这时他已不再是她生活中的烦恼，而是水天相交处的虚点"。

大部分明星或者艺术家，在横空出世的黄金时代过去之后，所获得的待遇，不外如此。他们让人尴尬，因为，人们得目睹他们的衰败，看见他们的瑕疵。和这些已经成为神话的人物同处，不知该怎么对待他们，尊重和厌烦混合在一起，成为一种难言的情感。人们不能憎恨产生这种情感的自己，就只好憎恨他们。像晚年的张爱玲或者迈克尔·杰克逊，赢得的都是这种待遇。一旦他们离去，各种意义就追加上去了。

使人不能原谅的，不只有对那些在世者的不善待，还有对逝者和逝去时代的过度美化。我们无休止地为逝者和逝去的时代添加美感、寄放想象、投射认同。我们的出发点非常实用：作为某种理想的寄放和投射对象，他们比凭空幻想出来的人和时代要好，因为的确存在过，又比当下的人和时代少点儿顾忌，因为死无对证。我们厌恶还活着的艺术家，总拿他们和"民国男子"、"民国女子"进行比较。事实上，五十年后，陈丹青就是我们时代的周作人，王安忆或许是个更为结实的张爱玲，范冰冰好似胡蝶，张曼玉仿佛阮玲玉。神话需要时间，像巨翅老人需要春天，而我们无法忍受的，恰恰是这最后一道工序：时间。张国荣用死亡跃过了这道工序，立刻赢得了快捷的赞美。

究其根本，正如米兰·昆德拉说的，我们无法做到对生命的绝对认同。我们期待看到毫无瑕疵的生命，看到神话落地就已完工。我们用厌恶当下、追思过往的方式，表达我们虚妄的认同。

所以，如果张国荣还活着，他还会是那个春天之前的巨翅老人，境况不会更好，绝对躲不过流言、偷拍，甚或成为周刊上的字母明星嫌疑人。我们毫无怜惜，尽情掠夺，并且忍耐地看着他，静待时间过去，好痛痛快快地表达所谓怀念。

怀念是一种很玄的东西

网上流传着一则逸事："某女闹离婚，深夜蹲在路边哭。某陌生男士经过，问：我可不可以帮到你？某女烦躁地说：你走开！某男仍在旁边默默守护，直到某女情绪平静后，陪她聊天到天明。分手时某男记下了某女电话，后时时致电问候，希望她过得幸福。这是 1998 年的事，某女名叫 Jacqueline，某男名叫张国荣。"据说，这个故事来自 2003 年 4 月 3 日的新城电台通宵节目，打进电话的女听众，正是故事中的 Jacqueline。

这个故事，集中展现了张国荣性格中善良、细腻、善待女性的一面，显然，它将和那些每到 4 月 1 日，就会集中出现的纪念张国荣的常用语"风华绝代"、"颠倒众生"一起，嵌入张国荣的形象，成为"张国荣"的一部分，并且久久流传下去。

有人质疑这故事，认为这故事是假的，那段音频也有可能是伪造的。质疑者，显然不是出于对张国荣人品的怀疑，而是对所有太具传播性的事物的怀疑。但事实上，重要的不是这类逸事的真假，而是我们是否需要这个故事，只要我们认为它属于"张国荣"，它就是真的。

韩寒曾提出疑问，我们"需要真相，还是需要符合需要的真相？"与明星有关的一切，也正是如此。我们需要的不是张国荣，而是一个符合我们需要的张国荣。这个张国荣，和很多逝去的明星一样，"认真、忠诚、谦逊、友爱、亲切，并且还不约而同地特别喜欢孩子"。这个符合我们需要的张国荣形象一经确定，就再也无法更改，所有的追念、回忆，都必须围绕这个基调进行，一旦有人提出了不同的例证，立刻会被围剿，最后被淹没。

那些被我们怀念的人，其实是一个"开放性文本"，是以他们为原型进行的文艺创作的结果，而且是集体创作。那个人是他，又不是他，像他，又高于他。我们筛选、遮蔽、投射，强化一些材料，而弱化另一些，夸大一些想象，而忽略另一些。像在沙砾之外包裹珍珠质一样，在他们身上寄放想象，为他们添加光环，使他们最终成为一个用"怀念"的路标指向的异域。

这个异域，甚至可以不必基于现实，不必拘泥于原来的文本设定，而成为天马行空的同人或者番外。比如那个与黄家驹有关的传说。还有翁美玲传说，在那个传说里，翁美玲之死和情变无关，她死于一场谋杀——因为她无意间知道了一个秘密，并把秘密泄露了出去。同样在传说里被当做谋杀受害者的，还有邓丽君，她去世那天的细节，至今仍然被人们反复放大和质疑。

逝者为什么会成为传说的素材？因为活着的人有种种的难以预料，他们本身就是一个具有延展可能的文本，可以自行发展出让我们完全意外的故事，尤其对于明星，我们并不真正了解，不知道他们会走向何处，所以不敢把这些传说贸然加在他们身上。在汤唯受限的那段时间，一篇关于汤唯在英国街头卖艺、艰难地获得英国时装界认可的文章，在网上广为流传，但随着更多的信息曝光以及汤唯接受采访，那文章就沦为笑柄。在张柏芝重建形象的那段时间，关于她的家庭给她支持的新闻也到处传颂，但现在看来，就像是一个讥讽。还是死去的人更适合成为怀念、重塑的对象，他们不会平地生变，不会去向我们无法控制的方向。

而这一切，都是围绕着我们的需要来进行。岁月是杀猪刀，而我们却执掌雕塑刀。所以，我们绝少提到那些光芒略欠的张国荣作品，如柏小莲所说："明报每次做他，配图都很 80 年代，HK 把他做成 80 年代大歌星。那些精选集，一边在纪念他，一边对他的后 13 年视而不见。他的后期电影很少被提到，提起他，总是《英雄本色》、《胭脂扣》，而对他复出之后的东西视而不见。"尽管，他后期的作品，也是"张国荣"的一部分，而且是能让这个形象丰富起来的那个部分。

针对明星的集体创作，在他们生前就已经开始，他们逝去之后，这种创作更是达到高潮。粉丝作为一个隐蔽的委员会，监督着这种集体创作，他们负责组织材料、对舆论进行拦截和放行，并决定创作的导向。所以，狠狠红在谈及张国荣怀念潮中那种越来越一致的情调和趋向时说："越纪念，越忘却。"因为，那种纪念，是一个整队的过程，是用一个形象覆盖其他真实形象的过程。怀念越多，覆盖越多，最终引向忘却——我们最终怀念的只是那个由我们文学创作的结果。

值得审视的，正是所有领域里的这种怀念。那些怀念的发起者、监督人，正是米兰·昆德拉心目中的"积极分子"，给我们指出"通往天堂的唯一道路"，并且"大无畏地捍卫这条道路"。

那些看起来在笑的人

张国荣去世九年了，但直到现在，他的死还被人放置在迷雾里，指向各种阴谋、各种神秘故事，因为人们觉得不可能。不可能之一，是他名利富贵全都不缺；不可能之二，是他在公众面前的表现从未失常。人们既然认定他和抑郁症无关，就要寻找别的解释。

2002年10月，出席"2002 Cash 金帆音乐奖"颁奖礼时，他已深陷抑郁症传言，但他没有接受大会给他安排的秘密通道，而是从正门入场，落落大方给记者拍照，并不断挥手。谭咏麟问他："他们说你忧郁症，为何我一点儿也不觉得？"他还做风情状扭扭腰，以示自己毫无问题。整个晚上，他都笑容满面，在台上亲吻女主持潘芳芳的面颊，发言声音洪亮。

抑郁症不分高低贵贱，一样发生在那些我们觉得不可能的人身上，那些不论经济状况还是呈现在公众面前的状况都毫无问题的人身上。所以，一旦我们知道金·凯利、憨豆先生、崔永元都是抑郁症患者，都深感意外。

尤其崔永元，春晚的小品《说事儿》让他的抑郁症成了全国皆知的秘密。据说，他的抑郁症最严重时，曾经需要 24 小时的陪护，更曾想过自杀，并形容自己当时的状态"就是精神病，就是疯子，不正常、不可理喻的一种生活状态"。但出现在公众面前，他照样歪着嘴笑，调侃世界调侃自己。

我见过的第一个娱乐圈抑郁症患者，是相声演员 M。他私下里承认过自己的精神疾患，可一旦登台，照旧精神饱满、底气十足，饭局上段子不断，去机场的路上自己驾车，用对讲机开玩笑。还有歌手 G，她语速极快，段子不断，笑料密集，所到之处，她都是焦点。我几乎以为她的抑郁症是形象塑造的一部分，但有位女作家事后慨叹她的善良——她不愿造成冷场，努力照顾别人的情绪，所以反常地活泼、热情，用尽一切办法点燃别人，宁肯事后陷入透支后的更大荒凉。

那些看起来在笑的人，那些过着浮华生活的人，那些以凶狠自嘲作为幽默材料的人，可能是抑郁症患者中最麻烦的。他们有着一个洞悉自己、洞悉世界者的审慎和机警，反侦察能力异常强大，有意地针对人们对抑郁症的认识，一一反着来，看上去快乐指数甚至远远高于常人。就像前几年去世的网友"走饭"，如果不知道她最后的下落，只看她微博上犀利的自嘲，简直会觉得那是幽默的："我所能决定的大方向就是生与死，我所能决定的小方向是买哪款鞋，我其他的都靠别人和时间决定。"

因为，我们的文化中，有一种对内向性格的势利，有一种对内向者的雪上加霜。当一个人看上去气息舒泰、性格明朗、信心充沛时，这种势利就促使我们形成一种判断：他曾经被很好地对待过。对于这种人，人们从来不吝于锦上添花。而当一个人看起来气息凛冽、性格忧郁时，这种势利，就促使人们以更冷酷的方式对待她——她肯定被亏待过，不妨继续亏待下去。所以，与内向者生存术有关的书特别多：《内向的革命》，《内向者求生术》，《内向的力量》，《内向者的优势》，《内向者无敌》。

在娱乐圈，这种势利尤盛，每个人都必须在种种隐藏和压抑之外，隐藏和改变自己的性格，让问题更为严重。因此，曾有权威机构披露，有九成香港明星不同程度地饱受抑郁症的侵扰。

所有的抑郁者中，我们最先应该关心爱护的，大概就是这些看起来在笑的人——他们将自己看得清楚透亮，却依然无能为力；他们不愿把麻烦交给别人，最终自己承担了所有累积的后果。

林青霞引起的乡愁

2000年8月，一颗新发现的小行星被命名为Linchinghsia（林青霞）。那颗小行星的发现者，还为这个名字附上了一个不多于五十个字的解释，他于是提到了林青霞最著名的电影《窗外》、《白发魔女》和《滚滚红尘》。

再著名人物的生平，一旦需要简要描述，字数恐怕也不会多于一则微博，即便那是林青霞。但林青霞对于我们，又哪里是五十个字所能描述的？她已经脱离了她的真身，成为一个守在"七十年代"大门前的女神，而那扇大门后面藏着琼瑶、爱情文艺片、白衣美学、民谣风潮以及那些已经牢牢嵌入"七十年代"的意象：满天彩霞，片片枫叶，还有海边的小白屋。七十年代是否当真如此，已经无从得知了，但林青霞和爱情文艺片，提供了一种具有强悍说服力的形象，将那个时代的其他一切掩在身后。这个形象是old school的，含蓄蕴藉的，逐渐在四十年后成为一种乡愁。

七十年代其实不是那个"七十年代"，林青霞其实也不是那个"林青霞"，关于这点，林青霞比别人更清楚。于是在退隐多年后，借着黄霑的约稿，她开始写作，开始为"七十年代"和"林青霞"去魅。她如何被星探发现，她第一次拍吻戏，她眼中的张国荣，她眼中的杨凡、琼瑶、三毛……她的文字，与她出现的七十年代一脉相承，是 old school 的，质朴无华的，老实厚道的，未必映射七十年代的全部景象，却提供了七十年代人的气质作为笺注。

毫无意外，这些文章最终结集为《窗里窗外》，并成为两岸三地出版商争抢的对象，所有人都恭维她写得好，哪怕是蒋勋、董桥、马家辉。而这本书的内地版也将毫无意外地成为内地出版史上的一次跃进，装帧及印刷全部沿袭港台版，定价高达 88 元。显然，爱慕她，赞美她，已经是华人世界的集体惯性。

仅仅因为无可辩驳的美貌、演技以及无法重回的七十年代？或许，还有对那个 old school 的世界的眷恋。她始终保持着一个提着贴满标签的旅行箱的阿婆小说中的形象。会因为拍摄武侠片时，孤身醒在工作车上，感觉被遗忘而哭泣，会苦苦思索人生真谛、快乐之道，并做出这种总结："有很多东西，要到三十岁才明白，又要到四十岁才做到。"我们对于那个 old school 世界代表人物的全部理解，大概也就是这样了，稳妥、柔和，因为庄重典雅、不怒自威，因而始终不受恶意侵扰。

这个世界，已经和那颗被命名为"林青霞"的小行星一样缀上天空——

言外之意，它已经从现实世界里被连根拔起。所以，"林青霞"其实是一种遗产，是往日世界留给我们的无法再生的资源，林青霞的《窗里窗外》并没为它去魅，反而成为一种旁证。而对这个世界，仅仅四十年，我们已经怀有乡愁，这种乡愁，在这个夏天，被转身成为作家的林青霞引起。

寄托在李安身上的那个理想

　　很多人喜欢李安，大概是因为他做了很多人想做而没能做成的事。这件没能做成的事，不是成功学意义上的，不是"两届奥斯卡、两届金球、两届英国电影学院奖最佳导演奖、一届奥斯卡最佳外语片奖、两届柏林金熊、两届威尼斯金狮"，也不是在《少年派的奇幻漂流》让他获奖当夜，他的名字闪亮登上台北 101 的顶端，而是，他做成了很多人想做而没能做成的那个人。

　　曾经在他和张靓蓓合作的《十年一觉电影梦——李安传》里寻找他的成功秘诀，最终却遗憾地发现，这是一本关于心灵、人格的成长壮大史，而非职业人士成长史。即便有秘诀，也绝难在别处复制——职业秘诀有复制的可能，心灵秘诀，只有远远观望。

　　那个李安，"从小就身处文化冲击及调试的夹缝中，在双方的拉扯下试图寻求平衡"。外省中原文化和日式本省文化的纠结，在他心中埋下巨变的种子。读艺专时初登舞台，"一上舞台我就强烈地感觉到，这辈子就是舞台"。还有王大川老师，这位前蒙古王子的人生经验，让他体会到人生况味。所有这些，搅拌在一起，形成最初的他，那个"就像生活里的一些味道"的他。

最终让我们熟知的那个李安成型的，还是电影。他在切实发现自己已经走上电影之路的时候，曾经有种隐忧，觉得电影泄露了太多他内心的秘密。把内心的幽微展露无遗，这是这个行当最危险的地方。但"拍电影，你又如何能把自己收回"，他只有像献祭一样，把自己的人生献给电影。

不是把自己献出去就够了，他得渐渐让自己大于一群人，大于一部电影。他曾那么热衷于拍父子关系，甚至拍出"父亲三部曲"，是因为曾一度自觉小于观众，小于一部电影，"对观众有一种类似面对父亲般的义务感"。但经过《理智与情感》之后，他在电影世界里放开了手脚，开始大于观众，大于一部电影。"拍西片后，我自己就是父亲了。"我们视野里的影人，霸气建立在外在的权力之上，而他全然不同。

人的灵魂、人格，起初只是一粒沙粒，我们负责往上包裹珍珠质，使之圆润光洁，一旦人生衰退停滞，那些珍珠质难免剥落，让最初的沙粒显形。决定珍珠形状的，是最初的那个沙粒，决定人生退潮期形貌的，还是最初的那个沙粒。那个沙粒，叫自我。

关于自我……洁尘在她的《找到了自我的人》中，有一段评述李安的文字，至今让我念念不忘："他就是那种很早就确立了自我并遵循这种自我的人……确立自我是一件很艰苦的事情。确立之后的维护乃至于修正，同样是一件很艰苦的事情，甚至是更艰苦的事情。自我这东西，不加以维护的话，是会变形甚至丢失的。那些很早就确立了良好的自我并很好地维护了这种自我的人，天分甚高，同时后天也是十分自省和勤勉的。"

人们乐于谈论李安和他的妻子林惠嘉的逸事，却对其中有些部分深感迷惑。他们相识于1978年，五年后结婚。在他们还是男女朋友时，李安拍摄电影《分界线》，钱不够了，直接从林惠嘉的账户里提出八千多美金来用，一点儿没觉得有什么不妥当。后来他失业六年，林惠嘉负担家庭开支，却还是照旧鼓励他做剧本谈项目，理由是"我不需要一个死人丈夫"。功利一点儿的理解，是她看出他的潜力，但我想，她看出的大概是他那个带着珍珠质的自我以及那个自我对他们生活的滋养，精神上的互济，也是隐形收入，而且是最难获得的一种收入。

李安给我们的教益，给我们的滋养，也不只在电影里，而在他清晰而体面地泄露了他的人生走向。这种泄露又那么令人信服，不是靠对他的采访和别人的阐述。要知道，说出来的自我是不算数的，他的电影的角角落落，都已经做了说明。

问题不在于这种自我有多完好，有多少证据，而在于，这种温和的自我，对内地人来说，是一种遥不可及的人格梦。凝视这种自我，我们才发觉，我们有一段"失去的时间"，错失了一种温和圆润、细腻泰然的人格。李安身上所寄托的，不是内地人的奥斯卡之梦，也不是电影梦，而是一个关于人格的理想。

积极生活

　　就在林怀民带着"云门舞集"在内地演出的同时，"美国舞蹈节"宣布，将当年的终身成就奖颁给林怀民。这是现代舞世界的至高荣誉，曾经颁给许多舞蹈大师，而林怀民是第一位欧美之外的获奖者。

　　林怀民的舞蹈成就，是不争的事实。但真正成就他的，还有舞蹈以外的熔炼和建树。《外滩画报》韩见和菲戈的文章认为："林怀民之所以享有如今的声誉，不是因为他把自己打造成了明星偶像，也不只是因为他对中国元素的现代舞所作的开拓性探索，还因为 40 年来他创办的云门舞集真正和台湾社会建立了良性互动。"

　　从 1993 年开始，云门舞集就频繁下乡演出。从表面上看，之所以发起下乡行动，是因为台湾演出市场比较小，演出容量就那么大，尤其是舞蹈团，生存形势非常严峻。1988 年，"云门"曾经因为台湾社会环境的变化一度暂停。1993 年，"云门"去美国演出《薪传》之后，经济状况不佳，也迫使"云门舞集"另辟蹊径，寻找适合台湾的运营之道。

但事实上，"云门舞集"的下乡行动，并非单纯的票房扩容。最初在低收入社区和校园进行的演出，都是免费的。后来的下乡演出，也不是演了就走，而是和当地民众有互动。他们演出的地方往往不是正规的剧场，而是露天的舞台、学校的操场，甚至榕树下的一块空地。即便在这些地方，他们照旧认真演出，在互动环节，还邀请观众尤其是孩子一起舞蹈。"我知道艺术家不只是为着那掌声与鲜花工作，却不明白艺术不只是技术、形式与结构。艺术工作原来只是将心比心，是人情的往来。"

1999年，云门舞集二团成立之后，也主要在学校和社区演出。"二团常在一个县蹲点两个星期，可以做出36个活动。比如在学校开周会时演，在教室里教，晚上还给老先生老太太上跳舞课，很成功，社会很需要。"

结果就是，他们所到之处，总有民众热烈欢迎。2008年2月，"云门舞集"的八里排练场毁于大火，他们并没发起捐款，自发捐款却源源不断涌来。从企业家捐助的两三百万，到幼儿园小朋友捐助的一百元，"云门舞集"短期内收到了来自社会各界的五千笔捐款，共计3.7亿新台币，为的是"让'云门舞集'有自己的房子"。林怀民笑称，自己有五千多个股东。

皮埃尔·布迪厄、罗伯特·帕特南等学者，在20世纪90年代，提出"社会资本（Social capital）"理论。社会精英有义务帮助整个社会增加联系、信任以及共同的信念。

在这个人和人之间的联系越来越淡薄的时代，却有越来越多的艺术家开始践行这一观念。茱莉亚音乐学院院长约瑟夫·波利希曾对内地记者说，茱莉亚音乐学院虽然是专业的音乐学院，但音乐不仅仅是音乐，而音乐学院也不仅仅是学习音乐的地方。他一再告诫学生："你作为一个艺术家的同时，也是一个公民。"他在《艺术家作为公民》（*The Artist as Citizen*）一书里，表达了这样的观点："艺术成就和社会意识之间没有明显的分界线，在 21 世纪，传统的依靠自我领悟的艺术道路是错误的成长模式，艺术家应该拥抱社会。""艺术家在今天的责任已经发生了巨大的改变，他们需要了解这个世界正在发生什么。他们不仅在舞台上有责任，在舞台下也有责任。"

艺术家马良在 2012 年启动的"移动照相馆"也是这样一个项目，他和他的团队，开着一辆满载道具的卡车及一辆面包车上路，行经五十多个城市，给通过微博报名者拍摄了八百多张照片。这个项目表达的，是一种"积极生活"（汉娜·阿伦特的主张）的态度，也让所有参与者和旁观者，意识到人和人之间，存在一种美好的联系。

林怀民和"云门舞集"，已经成为给台湾社会储备"社会资本"的重要力量，马良的"移动照相馆"也怀着同样的愿望。所谓"正能量"，其实就是——给整个社会的积累里，竭尽所能地添加一点儿收益。

皮囊

2071年，青年Z和女友，在北京的街头散步，他不停地告诉她，他向往世纪上半段的北京，高晓松、左小祖咒、周云蓬出没在小酒馆里，高谈阔论，弹琴唱歌，那是一个白衣飘飘的年代，而雨轻轻地落在城市上空。"为什么这些城市都要下雨？"他的女友表示了对这种情调的厌烦。

午夜时分，Z喝醉了，站在街头，一辆黑色的古董车，突然出现在街道的尽头。车在他面前停下，一群人热情地招呼他上车，并带他去了酒馆。在那里，一个胖子向他走过来："我是高晓松。"——这是2011年。

午夜黑车夜夜到来，Z被无数次带回2011年，才发现，他们和他想的不一样，和他在他苦心收集的古董CD里听到的不一样。高晓松不是忧伤的、沉郁的、伤感的，而是像Z在李皖的文章里看到的那样："一边开车一边接手机，一个接一个。对方多半是女孩，高晓松打电话时油腔滑调，没一句正经话，内容基本属调情一类。进了酒吧，旁边有陌生女孩，没一分钟就蹭过去的，肯定是高晓松——三言两语套上，然后海聊，然后驱车送女孩回家。""他轻佻、贫嘴、痞里痞气，满脸是浮夸的笑，满嘴是七荤八素的杂话，没一秒钟能够安静。"

Z 最终决定，还是生活在属于他的 2071 年，尽管，世界人口一百亿，多数人都住两亿元一平方米的胶囊公寓。但在那里，他和他所爱慕的人们，有个适当的距离，他和他所爱慕的时代，保持了一个能让乡愁滋长的安全范围。

——如果在未来，有个属于我们的伍迪·艾伦，拍摄一部《午夜北京》，我想，它应该是这样的。就像如果我们现在穿越到让陈丹青先生朝思暮想的民国，去和那些民国男女相对，会发现他们生活的某部分其实伧俗不堪。他们只是被时间剪辑过了，被黑白照片提炼过了。

高晓松成名于 1994 年，他作为主创的《校园民谣 I 》，是那一年口碑和销量最好的专辑，获得了流行音乐领域的许多奖项，然后是 1995 年的《恋恋风尘》，1996 年的《青春无悔》。直到内地流行音乐大厦崩塌，他仍旧保持旺盛的创作力。2007 年，给萨顶顶中文版的《万物生》专辑担任填词人和制作人；2009 年，担任曾轶可首张专辑《Forever Road》的制作人；2010 年，出版作品集《万物生长》。

他的创作力，不在于作品质量和数量，而在于，他能让所有人成为一个名叫"高晓松"的世界的成员，不管那是老狼、筠子、谭维维、陈楚生，还是韩庚，他们一旦进入他的领地，就仿佛被重组过了，成为那个盛大却诡异、美丽却悲哀、伤感却蓬勃的世界的一分子，他能让他们洗尽铅华，成为徘徊在落叶长街、全世界屋顶的一个形象。一种永恒悲哀的命运，悬挂在每个人的头顶，那个命运，开始叫"离别"，后来叫"老去"。

与此同时，我们也在2011年看到他的酒驾、坐牢、获释，并且热情地参与"高晓松有没有资格继续做'东方达人秀'的评委"这样的大讨论；我们也在2014年，看到他离婚的消息，熟知了这桩婚姻的历程。在我们看来，高晓松是一个需要留待查看的形象。

但李皖先生在评价高晓松的时候，还曾这样说过："人的内心里住着一个我，这是与生活的我不同的我。那个我更清晰，更坚定，更实在，更强大。艺术家表现的，实际上是那个我，而非这个吃喝拉撒、嬉皮笑脸的我，这个我只是个皮囊。"

一直有两个高晓松，一个居住在皮囊里，一个居住在内心里。《流浪歌手的情人》、《月亮》、《回声》、《如果你》，所呈现的，是内心里的那个他；追女、荤段子、酒驾，是皮囊里的那个他。哪个更真实，着实难说。"本我"和"超我"，其实也可以倒过来，被当做"超我"的那部分，或许才是本来的他。而这个他，要在未来才能清晰起来，在2061年、2071年才会水落石出。

面对高晓松，面对我们时代的一切艺术家，一切曾经滋养过我们的人，我们都挣扎在这种困惑里，我们被内心的那个他打动，却被皮囊里的那个他滋扰，一边按照内心的标准进行评价，一边按照皮囊的标准表示厌恶。

未来的人比较幸运，可以越过皮囊，和他们交接，就像现在的我们，终于可以越过皮囊，越过世俗的琐屑，和陈丹青的民国男子女子交接。

最后我明白了陈丹青，我们和他一样，真心爱慕的，不是某个时代，而是这种披尽繁冗、删繁就简、和人们的精神图景交接的可能。

罗玉凤神话

一直以来，一个最让我困惑的现象是，为什么会有那么多人试图证明，罗玉凤和芙蓉姐姐拥有极大的智慧？这种努力，在罗玉凤跑到美国中文电视台应聘之后，更是达到了高潮。在该台某部门负责人那里，她被顺势描绘成一个天才，尽管应聘视频里的她一如既往地磕磕巴巴，尽管罗玉凤后来又大骂该招聘是骗局是炒作，打算去美国中文电视台门口自杀。但人们愿意看到的，只是她被鉴证了，鉴证的结果如何，人们很愿意视而不见。

一个二十五岁的女孩，长期生活在底层，大部分时间在寻找工作和打工，基本没有时间读书和自我教育，她是如何拥有超卓的智慧和才华的？这是常识。而她在电视上表现出来的恶劣仪态以及基本修养的匮乏，也在为这个常识性的结论补充证据。

但人们更乐于认定，她的才华体现在别的方面——她的出现并非偶然，而是经过精心设计的，她的每一步都体现了自我控制的意图和能力，她和幕后团队表现出的对群众的注意力和G点的准确估计，对大众的操控，就是一种超卓的才华。像海德格尔面对雅斯贝尔斯的质疑——"希特勒这样一个没有教养的人怎堪承当统治德国的大任"时说的，"文化并不重要，他才能非凡"。

事实是，罗玉凤走红，更多基于偶然，至于幕后团队——每每有网络红人出现，马上会有网络营销组织比恐怖组织更热心地声称要对该事件负责，这种大包大揽，只能当做玩笑来看待。但人们不理解罗玉凤为何走红，就只好将这个过程神秘化和深刻化。

这种神话屡见不鲜，比如对戴安娜王妃智慧的过高估计。总之，有些人很愿意相信：精神病人不疯，是我们疯，傻瓜不傻，是大智若愚，所有的事物都和假古兰丹姆一样，"眼睛后面还有眼睛"。但真实的结果，估计像张爱玲说的，旷野里一道白墙，有门，还阴阴地点着灯，让人以为后面有什么，推开门，什么都没有。

更有可能，是因为我们身处的是一个缺乏更好对象的时代。就像《夜访吸血鬼》，主人公在吸不到人血的情况下，不得已吸了老鼠血。需求得不到满足，就只好羞辱自己的需求，判断力没有合适的应用对象，我们就开始羞辱自己的判断力，羞辱它的依然存在，羞辱它的耿耿于怀，用各种反智的方式。任何时代，无用武之地的那些玩意，必然遭遇羞辱，正义得不到声张，我们必然羞辱正义，希望总是绝灭，我们肯定矮化希望，爱情没有下落，我们必然乐于用征婚节目来羞辱爱情。羞辱自己的本质需求，是在周围环境不肯配合时的必然反应。

罗玉凤神话的梗概是，一个有才智的人，演好了一个傻瓜。但我担心她根本没能力承担这样的重任。可是，误会，是我们时代的基本色调，也是所有"当下"的基本色调。

假如明天来临

　　永远不要低估网人，只要他们找到一个能够说服自己的理由，往往会散发出惊人的能量。在对闫凤娇不雅照进行分析和推理之后，有网人得出了结论，这些照片是分几次拍摄的，根据照片所显示出的拍摄时间，甚至可以还原拍摄现场的一些细节。这一番分析，目的在于推翻闫凤娇本人的"胁迫说"，而一旦证明了她在说谎，似乎也就为这种分析行为提供了正当性。

　　另有一位谙熟摄影圈的网人则指出，这或许是一场盛行于摄影爱好者圈子里的付费私拍。这类私拍大多号称"拍摄唯美艺术作品"，而一场收费 1500 元的私拍，模特的收入至多七八百块钱。如果这个说法是真的，那么，盛传一时的那个说法——拍摄裸照是进入模特圈的敲门砖，是非常滑稽的，对于接私拍的模特来说，那赚的不过是一份眼前的钱，跟模特圈什么的毫不相干。

不过，如果闫凤娇能预见到自己的未来，知道自己将会因为《非诚勿扰》这样一个相亲节目走红，会不会接受拍摄？我想不会。

但她不可能看到这么远。这个生在吉林延边农村的女孩，9 岁时，在地质测量单位工作的父亲因公殉职，她被母亲带到大城市，早早开始自谋生计。从她的工作履历里可以看出，她得到的那些工作，都是零敲碎打的临时性工作，模特、彩妆师等。这种生活造成她对自己的负面评价，比如——"倒霉的人"、"坐谁身后谁就打牌输钱"。

整个事件里最让人感慨的，绝对不是她被拍摄时的泰然自若，而是她脚上的老茧。民间有句俗话："人都是一截一截活的。"一截有一截的活法，在哪截说哪截的话。

艾薇塔混迹街头的时候，不会预见到为照顾 50 年后自己的传记作者的脸色而活得检点些。玛丽莲·梦露为 50 美元拍摄裸照的时候，也不会预见到这些照片会为自己带来哪些困扰。在脚上长着厚厚老茧的闫凤娇的世界里，她能抓到的，恐怕就是被拍摄之后的酬劳。假如明天来临，再寻求新的活法，哪怕过去的生活为自己埋下无数地雷。

网人们是以娱乐圈明星的高度去评判她，要求她诚信。但实际上，她连娱乐圈边缘人都算不上，因为《非诚勿扰》走红，纯属偶然。

如果这个事件一定需要一些人来谴责，那一定不是闫凤娇，而是那几个传播照片的人。且不说这种行为有违法之嫌，事实上，"私拍"本就包含了一种契约，发布传播就是违约。而且，专门选择在她略微走红之后发布照片，更显得恶毒。

而对于闫凤娇来说，明天终于来临了，却是以这样骤然的、她毫无预见的方式。

希望她坚强。

你若安好，便是晴天霹雳

在《等待香港》中，林奕华先生剖解香港明星报道时说，港人喜欢将明星生存状况数字化，吃多少钱的饭，穿多少钱的衣，开多少钱的车，一切一切，都要明码标价。明星是一种生活标准的真人秀，而且每天每日波动，紧跟经济大势和明星本人的经济状况。

眼前就有一例：陈慧珊的丈夫钟家鸿宣布破产后，他们的生活状态就被毫不留情地明码标价。破产前，他们租住的是月租 4 万元的豪宅，破产后，租住的是街边旧楼；破产前，开的是 150 万的车，破产后，换做 28 万的二手车；原打算将女儿送往上海的国际学校，获知学费要几十万，最终换做香港的国际学校。日常生活细节也被细细呈示，钟家鸿在香港仔田湾买菜，在连锁冻肉店购买有"30 元超便宜"标签的冷冻鸡；一家三口逛超市，女儿相中 40 块钱的巧克力，夫妻俩最终给她买了 11 块的一种。还有，每月生活开支限定 8000 港币以内，陈慧珊复出接戏，并出席化妆品宣传活动，身价 3 万……

看似冷静客观，用数字说明一切，其实处处都带有感情色彩。这种心态，在没有数字的地方更加明显：参加化妆品活动的陈慧珊，"一上到台就紧张，手震口又震，还把女儿升小学读错升幼儿园"。陈慧珊打算重返校园读书，则被视为经济出了严重问题的信号。陈慧珊于是接受《明报周刊》采访，并表示"经济上没有问题。媒体拍到我们上街买菜，就说我们经济困难，还写了好多故事。其实这五年来，我们都是在做同样的事情"。

和了解香港文化的朋友聊起香港媒体为什么那么热衷于报道明星落魄后的窘态，有时甚至不惜歪曲事实。朋友说，在那样一个紧张的大都市里，人们很乐意看到明星落魄，以此消除自己在生活中感受到的压力，并通过"跃上枝头也有可能跌落"来安慰自己。媒体不过是顺应了大众心态。

钟镇涛曾经唱过一首著名的歌曲《只要你过得比我好》，但恐怕直到他负债，生活窘境遭遇密集报道，他才深刻体会到，"只要你过得……"后面的情绪非常复杂。显然，"你若安好，便是晴天"是伪装，"你若安好，便是晴天霹雳"才是凡人的真实态度。

阴柔不是一种罪过

自从世界上有了"快乐男声"以来，这档节目的选手们就没能摆脱一个评价：阴柔。尤其是 2013 年的"快男"，几乎是阴柔之最，台上的男孩们，个个温和白皙、吹弹可破、吐气如兰，引起网友的热烈吐槽。

这种评价，会让任何一个活动组织者感到不安。在选秀节目始终头悬各种利剑的前提下，谁也不会知道，哪些争议会扩大成节目的致命伤，尤其是这种挑战社会性别观的形象。

2007 年，"快男"设了济南赛区，总导演龙丹妮曾经说，设立这个赛区，是因为"山东大汉阳光豪爽，希望新赛区的设立能够给快乐男声带来阳刚之气"。结果，山东大汉们也让主办方失望了。也是这一届"快男"，在网络赛区的比赛告一段落后，夏青、吴雯、熊小雯三位评委说："今年选手的风格非常多，不管是哪种风格，太过阴柔的绝对行不通。"

2010 年，"快男"总导演洪涛表示，这次比赛要偏重硬朗型选手，选出"真男人"。结果，媒体可没客气，用这样的标题进行了报道："'快男'扬言要选'真男人'"。也是这一年，刘著以"伪娘"形象出现在"快男"舞台上，引起巨大争议：一方面，年轻一代用对他的理解来呈现自己的"宽容"和"理性"；另一方面，更多人从没停止对他的反对和诟骂．曾有一位四十岁男子，在青海卫视的选秀节目现场，举着写有"王子著姐（'花儿朵朵'中的'伪娘选手'）滚出长沙去"的牌子，并高呼"把所有人妖选手赶出选秀"。刘著最终止步于"快男"成都赛区 35 进25 总决赛。

舞台上的评委和选手，意识到了"阴柔"的风险，努力让选手显得硬一些、痞一点儿，锻造一种男性气概在场的氛围。2013 年的"快男"比赛中，李宇春说欧豪"笑起来有种无公害的痞气"。"9 进 8"那场比赛中，宁桓宇告诉观众，中学时代的他，十分叛逆，打架、喝酒、离家出走样样来得，最后还被勒令退学。

大家这么紧张，是因为主流文化对男性气概有规定、有要求，男性气概的丧失，被当做是负面的、罪恶的。但我最深切的感受是，男性的气质，是从生活环境、社会气质里生长出来的，并非什么人刻意为之。现在的男性和以前的男性，在气质上之所以有明显的差异，是因为时代到了这一步。

以前的时代，不论男性女性，都得强硬一点儿，因为生活同样强硬，不用跟草原帝国的时代进行对照，就算我们的年轻时代，生活也非常粗粝，物质并不丰富，什么都得之不易，很小就得当家，多数人没有可能念完中学，早早就去谋生奔逐。学校生活也没那么轻松，上学要走山路走夜路，老师脾气狂暴，校门口堵着"十三太保"，校园里潜伏着"四大金刚"，同学为了自保，热衷于绑沙袋、带匕首，书包里藏块砖更是常见。我们的气质，不可能不硬朗不沉郁。选秀舞台上，像陈汝佳那样偶然阴柔一下，就已经到了头。而现在，物质丰富，生活便利，学校和家庭总算有了教育意识，孩子们长成一副吹弹可破的样子，一点儿也不意外。那不是坏事，是好事。

咱们不如放开那些陈见，反过来思考。我们以为的进化，未必是进化，生命形态的复杂，只能说明环境的坚硬复杂，过多的生存技能，只提示出生存的不易。假如一个地方的男人，精通射击、擅长巷战、能够在屋顶之间纵身飞跃，别羡慕，同情他们；假如一个地方的居民，特别善于抢座、谙熟内斗、个个精通"潜伏"，别高兴，叹息一声。

面对华晨宇、白举纲们的阴柔、恬静，我不反感，我羡慕，那处处折射出他们生活的恬静优裕。更令我妒忌的是他们那种不加矫饰的自我。面对镜头，华晨宇抱着一只玩具，很自然地说出自己小时候的柔弱，显然，他不大在乎外界对他气质的评价，如果在乎，就会拼命伪装。

值得我们追求的，不是什么统一定调的男性气概，而是生命形态的简单，是每个人顺应内心，长成自己该有的样子，而且不会被人横加干涉。

女同志仍需努力

就在"国际消除对妇女的暴力日"（每年 11 月 25 日）到来之前，艺人黄贯中在微博上公开了自己的家事：他父亲有严重暴力倾向，长期对家庭成员施以暴力，尤其是对家中的女性，更是经常下重手。黄贯中的母亲经常被殴打，甚至被"大菜刀一刀刀砍"，连朱茵也没能幸免。消息一出，朱茵迅即成了微博搜索热词，许多人去留言慰问。

家暴燎原，知名女性也不能幸免。2012 年夏天，两起与知名女性有关的家暴事件引起公众注意。2012 年 7 月，台湾女艺人 W，因为在夜店和男性友人拥抱致礼，被男友打得头骨骨折近乎失明。8 月，李阳与妻子 Kim 的离婚案，在北京开庭，一群女性志愿者，穿着黑 T 恤，以递送给法官的联名信和网友签名的形式，对她表示支持，并在庭外表演歌舞——改编后的《伤不起》。Kim 走出法庭后，对声援她的志愿者说："他不会改的。"

家暴到底是怎么产生的？什么样的人会有家暴倾向？这恐怕是个世界

性难题。亦舒有本小说叫《爱情慢慢杀死你》，探讨的就是家暴的不可预测。小说女主人公家世良好，加入报馆后，从事家暴报道，应该说对家暴有足够的认识，也有足够的警惕。但她在工作中认识的医生男友，却慢慢显露出极端性格及暴力倾向。这个男人同样出身世家，"浓眉大眼高鼻梁"，在相处之初，彬彬有礼、和蔼可亲。甚至，他们相遇的地方，都是妇女庇护所，他为那里提供义务诊疗。但接下来，故事却走向不可收拾的地步。而我从前的朋友中，一位因为屡次实施家暴、打跑了三任妻子而被所有朋友远离的男士，平时也温文尔雅，脸上常带笑容，性格貌似恬淡，最大的爱好竟是垂钓。

家暴实施者，不肯控制自己的暴力倾向，一方面是因为这种倾向来源复杂，根深蒂固，另一方面，是因为在中国，家暴的成本非常低。

强大的生活压力之下，中国人的家庭观念比较淡薄，家庭价值，在价值排序里，是非常靠后的。年轻人不会在择业时考虑离家是远是近，能否照顾父母。青少年犯罪和儿童遭受性侵报道里，永远有个父亲或者母亲痛哭流涕地说，自己因为忙于事业，没能和孩子好好相处。"家"是如此的不重要，以至于《常回家看看》会被咏唱，"过年回家"像一个夸张的仪式，一个全民狂欢节。

但每逢拐卖妇女儿童、家暴等需要旁观者表态、需要管理者干预和制裁的事务出现，人们却又乐于将它们推向"家务事"领域，使之混沌化。

《盲山》里，面对被拐卖的女子求救，基层官员表示，那是"家务事"。李阳家暴事件发生后，许多人表示，"女方肯定也有责任"。那是一个人用暴力对待另一个人！妻子或者丈夫的身份，不应成为免责的理由。

当家暴导致严重的结果时，对双方的制裁却绝不混沌，精确地体现男女有别的原则。网友"晚睡姐姐"在她的文章《比施暴更可怕的是施暴的逻辑——李阳事件续读》里，举了实例，北京女子董珊珊被丈夫打死，该男只被判了 6 年有期徒刑，因为是"一个月才打死，在力量和速度上有欠缺"。而对女性囚犯的调查却显示，十几个将长期实施家暴的丈夫杀死而获刑的女人，最少的也被判了 12 年。

发生在知名女性身上的暴力事件，则更加难以言说。对女明星、女性名人来说，遭遇家暴或者其他的侵害，会导致名誉及形象受损，而犯事的男性侵害者，却巍然无碍。朱茵在家庭内部所受到的伤害，我们从她微博或采访中，都看不到蛛丝马迹，她不能说，不可说。李阳家暴事件后，他的曝光率反而增加，大量的话语机会送上门来。而在 Kim 和李阳离婚案的法庭外，以歌舞和举横幅这种最柔和的形式表示声援的志愿者，却遭遇干涉，当李阳出现时，大批记者都舍 Kim 而奔向李阳。

革命仍未成功，女同志仍需努力。

没有个性的人

林志玲的情商一向受人称道，她很少公开表达自己的喜好。有次记者会上，记者故意问她，是喜欢橘子还是苹果，她回答都喜欢。继续问，两种水果一定要她做出选择，选哪种，她娇嗔地说，都说了两种都喜欢，让人怎么选嘛！

观察明星久了，不免发现，年轻明星普遍喜欢这种表达。而老一代的明星，则比年轻明星有个性，比年轻明星坦荡敢言。

黄秋生对香港电影香港演员的评价是"肤浅"，对香港媒体的评价则是"神经病"和"下流"，对年轻一代演员毫不抱希望。"如果他们能活150岁还可以超过我们，现在是没这机会啦！"北野武谈起 3D 技术对电影的影响，一脸正色地说："我觉得 3D 只适合拍色情片，否则我不觉得它有存在的价值。"高仓健上电视节目，担任嘉宾的草彅刚向他示好，说他将在专辑里翻唱高仓健的《唐狮子牡丹》，高仓健的回应是："我听过，但唱得不怎么样。"当主持人香取慎吾说自己"一般都是片场把台词背完"的时候，高仓健又说："你不太适合当演员。"

这种做派，在公众人物身上，越来越少了。固然因为，这些老男人的地位难以撼动，更是因为，他们在网络出现之前就成就了自己，和那些与网络共生的新一代明星截然不同。

网络时代，虽然貌似给了人更大的自由，那自由却捆绑着陷阱。因为，自由的真正含义是别人也拥有同样的自由，自身的自由于是被淹没了，被别人的自由限制了。你尽可以大鸣大放，但后果完全无法预料，任何微小如蝴蝶扇动翅膀的表达，或许都会引发失控局面。"暴力从未消失，只是改变了面貌"，正可以概括发生在网络上的这场"残留的战争"。

人的个性于是被摧毁了，每个人都生活在恐慌之中。因为你不知道自己的言行会引发怎样的后果，不知道自己透露的信息是否会引起一场风暴，不得不小心行事。公众人物尤其如此，他们得学习做"平均人"。不能说喜欢红，因为粉丝中肯定有人喜欢蓝，不能只说喜欢猫，因为喜欢狗的粉丝恐怕大有人在。得散发正面能量，得喜欢小孩，得第一时间为天灾人祸点蜡烛，不能恐同，不能歧视女性，得像政客一样，让各个群体满意，以便争取最大限度的喜爱。

即便这样兢兢业业，也难免失手。刘翔摔倒那天，赵薇在微博上发自拍而不是慰问，引发网民围攻。黄秋生在微博上说句"罗志祥是谁"，一场粉丝骂战拉开大幕。春节联欢晚会的看点之一，竟是"想骂谁就直接@到脸上"。就算自己远离网络，也有可能被偷拍和录音，被发布到网络，接受雷轰电击。网络是个更宽广的世界，却也是个更大的监牢，人们都得在这个完美世界里被磨平、粉碎，做个"没个性的人"。

于是，每个人都战战兢兢，削薄个性。就连李开复在微博上发起抵制《非你莫属》的活动，都得给自己留条后路。他辛辛苦苦搜集了骂他的微博——"共177位水军，骂1250条（77条多次使用）"，并做成长微博，原因竟是"公开证据，这样以后有什么我的负面，大家就知道怎么回事了"，还语重心长地总结了"被网民公愤群攻的六条建议"。

虚拟和现实的界限正在变得模糊不明。虚拟世界，已经成为我们行动的驱动力，甚至放大器。迈克尔·哈内克就常常在他的电影里讨论这种境况，他1997年的电影《滑稽游戏》里，杀人狂在行凶的中途突然停下动作，扭头向镜头："还要不要继续？"他在征求观众的意见，继续观看，就等于同意他的杀戮，剧中人就会因为我们的观看而死去。他作为剧中人，或许也是为了拥有被观看的价值而实施杀戮的。

人的世界里存在一个死循环，那就是所有的受害者，往往也是加害者。我们得试着让这个循环在自己这里中止，让那些充满戾气的批评，那些貌似无心的围观，那些欢欣鼓舞的转发，从自己的世界里消失。

凿光记

羔羊在尖叫

电影《沉默的羔羊》里，有一段著名的场景。

为了破案，克拉丽丝去向汉尼拔博士求助。汉尼拔要她以自己的经历作为交换，克拉丽丝于是说出自己童年最痛苦的经历。那是在父亲去世之后，她被寄养在姨妈家里，姨妈家经营牧场，一个清晨，她被羔羊的尖叫惊醒，她跑出门，试图拯救那些待宰羔羊，却因身单力弱而失败。她于是逃出牧场，在孤儿院度过余下的童年时光，从此陷入对自己的深深怀疑，时常在夜里于噩梦中惊醒。这段独白里，一个接一个的"screaming"尖叫，仿佛带着刮擦之声，从观众心房刮过。等她讲完，平静下来，汉尼拔深深望着她，说出那段著名的台词："You still wake up sometimes, don't you? Wake up in the dark and hear the screaming of the lambs？"

柳营不像是那种内心有羔羊在"screaming"的人，她貌美、恬静，说话偶然会直率到近乎不中听——这都是好环境里才能培育出来的。她脸上也很少出现普通人的那种专注，更多是一种梦游般的、恍然的神色，但周遭的人和事的细节，却从来漏不过她的眼睛。这种特质的人，往往会被生活伤害到体无完肤，她却又生活得优裕——这也是好环境里培育出来的自信才能指向的结果。

但小说家是不能以常情常理以及经验主义者的观人术来衡量的，读她的小说，老能感觉到有羔羊在尖叫。残缺的家庭结构，古怪的家庭关系，是她笔下的常客。父亲是温和的，母亲却常常为家庭笼罩上一层阴影，但在年长的女性——比如外婆那里，那种乖戾的女性特质又消失了（若有人肯对柳营小说中的女性关系以心理分析的方式进行剖解，一定很有趣）。而那些家庭，不但要忍受内在的敌意和亲密的冲撞，还常常免不了被外在的力量扭曲。《水妖的声音》一开场，穿着黑白格子裤的父亲，让一种模糊的恐惧达到了顶点，那个场面似乎被冰冻了，急需一声尖叫，或者狂暴的举动将它打破。

她笔下的乡村是恬静的，却又常常在时代的浪尖上颠簸失序，并被外来的力量侵袭得面目全非。意外死亡是高概率事件，暴力以不加修饰的方式呈现。在旧时的家园一步之遥处，就是强人的小型金字塔——别墅或者工厂。几种力量对峙着，互相渗透着，为一切蒙上一种大的不安，野草里就有什么在咻咻地潜伏着，水库水塘，则是永远的阴阳交汇之所，在那里生，也在那里死。

她又有那样密集的意象，巢穴（《阁楼》以及她的长篇《淡如肉色》中的房子都是）、水、月光、树木、母亲的阴影、繁殖神话、靠味道辨识爱人、凭感官服从一段恋情、创痛之后的回归……早期女性主义作家和诗人失掉的话语方式，放弃的议题，在她这里纷纷复活。在一个连景物描写都嫌多余的时代，她如何完成她浓郁的诗意坚持，简直可以作为一个作家公关案例来进行分析。她还有一种早期萧红式的、古怪的、未经驯化的语言天分，比如，一个戏剧化的场景中，女人骤然自杀，转眼间，"头戴血花"。这样的字句，是语言上的鱼刺，读到这种地方，得惊艳到扼住喉咙才行。

这种小说，似乎略显不平。但我最喜欢在睡前阅读柳营小说，因为，一个女人在这种不平顺的时代之中的坚持，甚或罔顾，甚或置之不理，往往有种缝合时代裂缝般的力量。带着梦游般的、恍然的神色的柳营，就有这种力量。

在《沉默的羔羊》的最后，克拉丽丝因为逮住了凶手，从此"睡得很沉，很甜，因为羔羊已经安静"。而把一个"screaming"着的世界放进小说之后的柳营，是不是也获得了安静的睡眠？

少年之爱

　　读蒋勋先生的《欲爱书》时，特别留心每篇文章之后的写作时间，第一篇写于 1999 年 1 月 11 日，最后一篇写于 12 月 20 日，算起来，写下给 Ly's M的这 12 封情书时，蒋勋先生大约 52 岁。

　　这是这本书的不平凡之处：在一个本应以冲淡、平静定义的年纪，却还是有这样浓烈的感情，浓烈得如同少年："我要从你的离去中领悟圆满"，"我决定在道德与法律之外爱你"。这爱也并非想象中的精神之爱，而和皮肤、骨骼、肌肉运动时在衣衫下的起伏、微醺时酡红的容颜紧紧牵系，有浓浓的肉味。

　　这爱无迹可寻，却无处不在，不论是山川河流、广场城镇、繁星长空，还是废墟或者葡萄园，都成为思念的理由。而对 Ly's M 的思念，却也只是发射塔、着陆点，从那些灿烂景象中汲取到的，经过这个发射塔的酝酿转折，又返回更深广的世界。如 E. 佛洛姆的名句："如果我真正爱一个人，则我爱所有的人，我爱全世界，我爱生命。如果我能够对一个人说'我爱你'，则我必能够说'在你之中我爱一切人，通过你，我爱全世界，在你生命中我也爱我自己'。"

这种爱之深广，爱之夸张，爱之荒凉，爱之上天入地，爱之披头散发，我只在极有限的地方见到过——在波伏瓦的《人都是要死的》改编的电影里，在周润发和林青霞主演的《梦中人》中，都有这种荒人之爱。血腥的、凶残的，前生不够后世来续，带着大甜蜜和大恐惧，在人群中打个转，找不见对方，就担心永失我爱。

被爱者经不经得起这种爱尚在其次，爱人者终于有借口在时间荒野里建立起自己的呼啸山庄才是重点。这不是爱，是信仰，是用爱包装的泛神论。原始的、少年的、没经提炼的，因此也带着一切杂质，包括身体欲望落实之后，反而更为强烈的神秘感，和拥抱开始之时，更加无边的恐惧。

而激发这种述说并与这种述说相伴的，是一次漫长的欧洲之旅。当Ly's M离开后，当他在捷运站的入口处消失，思念开始了。脱离生活的庸常之境，当Ly's M只是一个虚化的形象，述说来得毫无顾忌，像没有花树的漫天花雨。这是少年之爱的标准方式，不要树，只要芬芳，没有树，也可以有芬芳，没有树比起有树，芬芳甚至更甚。

写这篇读后感的时候，内地学者正在接连发文指出蒋勋文章的硬伤，但我常常想起第一次读到蒋勋文字时的感受。大约是二十年前，在席慕容的某篇文章中，她引用蒋勋的话："我希望看见一个人，在面貌上陌生，在精神上熟悉。"年代久远，记忆或有出入，而我翻遍席慕容的书，也找不到原文来核对，简直是太虚幻境中遇见，但那一刻的惊悸，至今仍然新鲜。浓烈的少年时代，心中想望的，大概就是这种千人合一的爱人，面目陌生，精神熟悉，或者反过来，精神上陌生，面目上熟悉。我们的时代，没有人这样写——带着浓烈的肉味，带着永恒的饥饿感，带着少年才能体悟的暗号，甚至现在也没有。那些硬伤的确凿凿，许多甚至不能算是瑕疵，但思前想后，他的价值依然在。对我来说，他甚至不能算是"爱因斯坦的小板凳"——蒙昧时期有缺陷的启蒙者，他至今仍在发生作用，使我心有所感。

　　一切都可以是象征、隐喻——台湾文艺建筑在水上，有根，但却有限，像一个被放逐者，丧失了参与和议论家国大事的权利，于是一路向着爱和美去了。白日纵酒，青春佯狂，拥有了"停留在浪漫年龄的权利"（1945年1月的《纽约时代杂志》"青少年权利法案"提出的"十诫"之一），可以长大，却拒绝成长，滞留在一个漫长的青春期。内地文艺却是建在废墟上，有些格外坚实，有些格外残缺。没被摧毁的部分，有深植的基础；重新建筑起来的部分，却又扭曲得不忍细究。成长得无比凶猛，精神结构却还是七零八落。因此，台湾的"爱"和"美"格外有扩张的余地，因为少年是永恒的。

庄雅婷有句著名的签名："我期待病愈后，那个神清气爽的时刻。"这话也可以套用做我的期待，我期待这本应一体两面的气质不被分离，我期待病愈后，那个有水、有土，有丰润的肌理也有坚硬骨骼，有少年之浓烈真挚，也有成长后清明理性的时刻。

《云图》六重奏

　　2012 年 8 月，上海书展，大卫·米切尔出现，《绿野黑天鹅》和《雅各布·德佐特的千秋》的中译本和他此前的两本书《云图》、《幽灵代笔》同场亮相，他得到了明星般的待遇。两个月后，根据他的小说改编的电影《云图》在北美上映，2013 年初，这部电影在内地上映。"Mitchell Geeks（大卫·米切尔读者的自命名）"开始在中国扩编。

　　大卫·米切尔于 1969 年 1 月 12 日生于英国绍斯波特，在肯特大学获得比较文学（英语文学与美国文学）硕士学位。1994 年，因为和日本女子相爱，去了广岛，在那里生活了八年。他自小就想成为作家，但直到去了日本生活，才开始全身心投入写作。为此，他"把家里的电视机、录像机通通送人，晚上也不出去泡吧了"。

　　1999 年，《幽灵代笔》出版，获得约翰·卢埃林·莱斯文学奖。2001 年，第二部小说《九号梦》让他被评为"英国最佳青年小说家"，并进入布克奖决选。2004 年出版的《云图》入围布克奖决选，还入围了科幻界的星云奖和克拉克奖，也是这一年，他得到当年的英国国家图书奖。

第四部小说《绿野黑天鹅》出版后，他入选《时代》周刊"2007 年世界 100 位最具影响力的人物"，评奖词这样写："他精湛的技艺诱使评论家们把他与托马斯·品钦、大卫·福斯特·华莱士等富有革命性的当代作家相提并论。但他依然坚守在自己一片独特的田地，吸收来自美国作家（如保罗·奥斯特）、英国作家（如马丁·艾米斯），和日本作家（如村上春树）的养分，培育出一种极具个性的果实。"

《云图》是大卫·米切尔目前最重要的作品，也是给他赢得巨大声誉的作品。他曾说，在很长一段时间里，他将和《云图》拴在一起，他就是那个"写了《云图》的人"。

这是一本庞大复杂的小说（中文版有 38.5 万字）。这种复杂首先来自它的结构，小说里有六个时间段里的六个故事：1849 年或 1850 年，亚当·尤因乘"女预言者号"，从南太平洋查塔姆群岛返回加利福尼亚；1931 年，青年音乐家罗伯特·弗罗比舍，投靠比利时的音乐大师，成了他的枪手；1975 年，记者路易莎·雷，调查核电站项目，遭到财阀追杀；2000 年后，出版人蒂莫西·卡文迪为躲避黑道追讨版税，被哥哥骗进一所养老院，从此不见天日；未来的某年，克隆人星美-451在反抗组织"联盟会"的协助下，反抗公司制国家对克隆人的奴役；未来的未来，人类文明"陷落"的年代，夏威夷的部落少年，遇到了人类文明的保留者"先知人"。

六个故事不是一次讲完的，而是分成两部分，以12345654321的顺序讲述，罗伯特·弗罗比舍的故事里，作曲家对自己的作品《云图六重奏》的概括，可以看做是这部小说的结构概述："在第一部分，每段独奏都被它后面的一段打断；在第二部分，每段被打断的独奏都按顺序再次开始。"

不仅结构复杂，故事的文字风格也非常杂糅，充满戏仿。亚当·尤因的故事，用的是日记体，文风像赫尔曼·麦尔维尔的海上故事，甚至也像《白鲸》那样，给主人公配备了一个类似于魁魁格的人物奥拓华。罗伯特·弗罗比舍的故事，用了书信体。路易莎·雷的故事，酷似约翰·格里森姆的罪案调查小说（下一个故事的主人公卡文迪什，认为这个故事在迎合好莱坞）。星美的故事，用了很多反乌托邦小说的元素，这个故事，依靠采访对话来完成。

之所以在结构上着力，是因为大卫·米切尔认为："情节、人物、主题、结构作为构成小说的四要素，其中表现情节和人物的各种手法已经被前人挖掘殆尽，主题需顺应时代的发展，不是个人能决定的；留给新作家的，就只有在结构上创新了。"他甚至是先有骨头再填血肉："当我想到一个新的或者说特别的小说结构的念头时，我就把这种念头给写下来了，我总是在考虑，什么样的小说适合这种特殊的结构。考虑好了之后，有一天，我就会去写这样的小说。"

六个故事并非全无联系，在123456部分，上一个故事，总是在下一个人的阅读中出现。亚当·尤因的海上日记，被罗伯特·弗罗比舍读到；而弗罗比舍和爱人思科史密斯，在多年后成了核电站项目的负责人，也是路易莎·雷的线人，路易莎·雷也因此读到了两人的通信；路易莎·雷的故事，则被人写成小说《半衰期》，送到了蒂莫西·卡文迪手上；卡文迪什的故事被拍成了电影，激励了星美；星美则在口口相传中，成了文明陷落后部落人的女神。到了54321部分，故事还是靠阅读来连接，上一个人打开书、信、电影，下一个故事得以继续。六个人还有一个共同点，就是身上都有彗星形胎记。

六个不同时代的人，六段人生，只有极稀薄的关联，却又环环相扣。但它又不是转世再生那类概念的简单图解，而是在说，每一个生在当下的人，都站在千万个前人累积出来的地壳上，和他们没有血缘关系，却有更紧密的关系。他们虽然已经逝去，他们的生命体验，却代代流传，像天空的云朵，不停变幻形状，附着在不同人的身上。

六个故事里，给人印象最深刻的是星美的故事，这也是前五个故事渐渐拱出的穹顶，是《云图》的华彩部分，也是由汤姆·提克威和沃卓斯基姐弟（拉娜·沃卓斯基与安迪·沃卓斯基）编剧和导演的同名电影里，被改动最多的部分。

故事发生在未来的内索国，公司文明主导一切，国家就是一个巨大的公司，实行公司制，主席和董事会组成"主体"，领导国家。这个国家等级森严，处在最底层的是克隆人以及住在贫民窟的次等人。奴役他们的是纯种人，纯种人身体内植有"灵魂珠"，同时具备身份证和信用卡功能。"主体"不断推出丰裕法案刺激消费，榨干"灵魂珠"上的每一分钱，而储蓄是犯罪。

星美-451 在宋记餐厅工作，渐渐觉醒（书中称之为升级），被反抗组织"联盟会"发现。他们将她救出，培养她，试图让她成为一场革命的代言人。最终，星美发觉，"联盟会"和"主体"领导下的"统一部"是一伙的，他们做出敌对的样子，来加固统治，与星美有关的一切都是一场秀，为的是将她包装成邪恶克隆人，让纯种人不再相信他们。在被处死之前，星美发表了"宣言"。

星美-451 这个名字显然来自雷·布雷德伯利的《华氏 451》。在这本书里，未来的消防员，主要的职责是焚书，而不是灭火。主人公蒙泰戈觉醒后，成为书籍的保护者。星美的故事，和《华氏 451》有互文的部分。在星美的时代，有着同样的禁锢，过去的影像被禁止，书籍被限制阅读。"主体对关于历史的话语充满了矛盾。一方面，如果允许这种历史话语，那么下层人就能接触到大量的人类经验，这些经验有时候会跟媒体部的宣传相互矛盾。另一方面，公司国却拨款给档案部，而后者则致力于为将来保存历史记录。"

这种矛盾，有时是无意识的，在路易莎·雷的故事里，科学家艾萨克·萨克斯在飞机上的笔记，说明这种矛盾是种种力量的合谋："真正的过去不持久，越来越黯淡＋要找到它越来越成问题＋重建；相反，虚拟的过去有韧性，越来越明亮＋要抓住或揭露它的欺骗性越来越难。"连将来也处在虚拟中，这种虚拟的将来"可能影响真正的将来"。那些有彗星胎记的人要做的，是劈开迷雾，讲述"真相"以外的真相。

星美的故事最耐人寻味之处，在于她在下一个故事里成了女神，她被出卖、被处决的经历，因此有了别样意味。如果再配合撒迦利亚·西琴的《地球编年史》读下去，不能不觉得，那或许就是对人类文明周期性轮回的影射。那是一个更大的轮回，消亡和重生的反复，语焉不详的传说因此成了神话，就像我们对大洪水、希腊众神的想望和景仰。

这是《云图》的核心，关于人类经验的传递。尽管大卫·米切尔表示，他在日本生活了八年，深受佛教影响（"六"这个数字在小说里多次出现），但他书中的轮回，更接近一种经验的传递，是对爱、信仰、忧患意识的传递。与此同时，也总有一种相反的力量，在阻止这种传递，毁灭之，篡改之，但人类还是穷尽一切方式，书本、图像、传说、本能，将这些经验代代相传，为的是让人类少犯错误，不要成为一个"完全以捕食其他动物为生的世界"，那样也会把自己吃掉，自私意味着消亡。

阅读是《云图》里传递经验最重要的方式，前一个故事往往被后一个故事的主人公读到，星美在大学里阅读奥威尔、赫胥黎和吉本的著作。卡文迪什在艰难关头，想起"在佛蒙特州努力工作的索尔仁尼琴"。扎克里时不时想起星美的故事。他们像灰尘，像云朵，扬在空中，慢慢落下，为的是让后人模仿他们的勇气和信念。

社区是另一种传递经验的方式。逃亡中的星美曾经进入一个由自我放逐者组成的社区，人们互相信任，晚上聚在一起谈笑、唱歌。而内索国只有等级体系和无处不在的监督，将人和人割裂，无法形成这种社区。

星美的故事也是《云图》中另外五个故事的复写，六个故事的主人公都是不合作的、忤逆的，总试图和别处的人获得呼应，发生深刻的联系。像木心说的："生命的现象是非宇宙性的。生命是宇宙意志的忤逆……生命意志确是对宇宙意志的全然叛离……去其忤逆性，生命就不成其为生命。"

是的，忤逆。反抗太强硬，而且要有清醒的自觉作为燃料。忤逆是柔软的、轻微的，是本能地觉得不适应，不给好脸色看，是扭着身子不肯就范，是亚当·尤因对白种人罪恶的忤逆，是音乐家弗罗比舍对家庭和音乐权威的忤逆，是记者路易莎·雷对财阀集团的忤逆，是老年出版人卡文

222

迪什对监狱似的老人院的忤逆，也是星美对纯正人世界的忤逆。这种忤逆的动机不够高大，姿态也不那么壮美，只是不适应，像健全人对束缚衣的不适应，更是一种忧患，"一种对于文明没落的忧患之思"（李静《捕风记》）。反抗是这种忤逆的极端形式，它暴烈、有行动力，却没有那种忤逆来得持久。

这种忤逆代代相传，甚至接近于信仰。在《呼啸山庄》里，艾米莉·勃朗特说："我看见一种无论人间或地狱都不能破坏的安息，我感到今后有一种无止境、无阴影的信心——他们所进入的永恒——在那儿，生命无限延续，爱情无限和谐，欢乐无限充溢。"而在《云图》里，亚当·尤因和扎克里有同样的信心。相距两百多年的两位作家，在这点上达成了一致，石楠高地上的艾米莉·勃朗特和大卫·米切尔在这里顺利会师。

神啊，你怎么办，如果我死去？

里尔克有一首诗，叫《神啊，你怎么办，如果我死去？》，译者是熊秉明：

你怎么办？神啊！如果我死去？
我是你的水瓶，如果我破裂了？
我是你的酒浆，如果我已腐坏？
我是你的衣裳，你的职务，
你失去了我，也就失去了意义。

没有我，你将没有归宿，
找不到温暖与亲切的接待。
我是你的草鞋，你的劳倦的双足，

将赤裸着跋涉远行，为了寻回我。

你的风氅也将失落，
我以温暖的两颊去承受
你的注视。像软枕一样。
你的眼光将长久寻找我，
终于在夕阳西下时，
迷失在荒茫的石垒之间。

　　人之不存，神将焉附？无我世界，哪管洪水滔天？科马克·麦卡锡的小说《路》，探讨的就是人的世界毁灭后，神何去何从。人的路走到了尽头，神的路在何方？

　　小说出版于 2006 年 9 月，是科马克·麦卡锡的第十本小说，讲述核战争之后，一对幸存父子的长途跋涉。这部小说被视为他最精彩的作品，后来获得普利策小说奖，还被欧普拉·温弗莉选为"欧普拉书友会"的推荐图书。稍晚一点儿，又有科恩兄弟将他的小说改编为电影《老无所依》，为 2008 年提供了一部最值得铭记的电影，也为科马克·麦卡锡的小说提供了一个可视可感的形象。然后是索尔·贝娄奖、《娱乐周刊》二十五年"新经典"榜单的百佳图书第一位。说实话，这一切来得晚了点，对于一个即将八十岁的老人来说，即便牙还在，也有了大饼，又能吃多久？

但对于读者来说，一个被长期搁置、冷落、在最后关头才获得重视的作家，无疑是件最好的礼物。他有才华有抱负却不被认识，所以胸中有块垒，这保证了他的作品是不平顺的、惨烈的、跌宕的，而不是油光水滑的；他长期处于贫困之中，这保证了他的作品离生活的地面不太远；他四处流浪，确保了小说中的细节是有来路的，而非闭门造车所成就的；他的时间不值钱，所以他有的是时间竭力打磨每个字句，而不是提供速成速朽之作。瓶子里的魔鬼因为被放出来得太晚而心怀怨恨，动辄要吃人，它被放出来，是场灾难，而一个太晚才被放出生活魔瓶的好作家，却常常是我们的福祉。就像科马克·麦卡锡。

《路》就有那股子极端的、沉到底的、灰了心的气质。长期置身于生存第一线的老作家，在小说的世界里将全人类都置于一种不堪的境地。核战争过后，人类濒临灭亡，文明给人类生存的意义所赋予的那些花边和缓冲地带，全都被剥蚀干净。少数幸存者得靠活下去的本能活下去，生的内容简化为寻找食物、栖息地、避免被杀被吃。地图破损了，可以阅读的只有旧报纸，神和人的一切成果都行将不在了。

那么，神被放到了什么位置？信念呢？希望呢？爱呢？书中的主人公——父亲明确了它们的位置："第一要保持警惕，第二才是怀有信念。"因为人的灭亡，神被搁置了，因为人的灭亡，神失去了所指，因为人的灭亡，神无处依附。"整个世界浓结成一团粗糙的、容易分崩离析的实体。各种事物的名称缓缓伴着这些实体被人遗忘。色彩。鸟儿的名字。食物的名字。最后，人们原本确信存在的事物的名称，也被忘却了。……神圣的格言已失去了所指及其现实性。"

找到前人留下的食物，即将开饭时，父亲教导孩子，要感谢留下食物的人，而非神。遇到需要搭救的人时，父亲教导孩子，如果搭救他们，自己就有丧生的可能。一切依据生存进行调整，神的存在被淡化，神性近乎不存在。而在另外一些人身上，神从来没存在过，他们迅速退化到吃人、依靠暴力豢养奴隶的地步。

但近乎不存在，不等于真的不存在了。父亲对孩子的那种爱，是神性的；在极端恶劣的环境中，保持文明生活遗留下的习惯——想尽一切办法洗热水澡、刷牙，是神性的；反复反省自己"是不是好人"，是神性的；在吃人者逼近时将子弹上膛，追求死的尊严，也是神性的；那种日复一日的行走，是神性的。只待时间和地点吻合，这被压制的神性就会大规模地复苏。当然，前提是，到那时，火种还没有完全消失，罐装食品还没被吃完——在《路》里，神和食物一样，都储存在所剩无几的罐装食品里。所幸的是，在父亲死后，孩子终于与另外一些持有火种的人汇合。

而且，在最后，女性出现了。在小说的开始，女性的代表——孩子的母亲自杀了，而在小说的结尾，女性又出现了。人类世界温和的一面、生命延续的希望终于登场了。

即便沉郁如科马克·麦卡锡，也得给出技术性的希望：活下去，随身携带着火种和神，等待神的重新君临、转移和交接——"她说上帝的呼吸就是他爸爸的呼吸，虽然上帝的呼吸会从一个人转移到另一个人身上，直至天荒地老。"所以有人说，《路》是一本启示录一样的书，尽管所有的启示其实都是技术性的，但它却使神和我们一起活下去，互为依傍。我们随身携带着神，不问，不说，只是像《路》中的人那样，面无表情地走下去。

流沙世界里的草网格

　　凯西·贝茨演过一出感人至深的电影，名叫《笑傲同行》（《油煎青番茄》）。故事发生在 20 世纪初，两个女人在一个小镇开了一家咖啡馆，招牌菜是油煎青番茄。两人悉心经营，满怀热情地打理，让咖啡馆成了小镇的中心，凝聚了小镇居民，见证了许多故事。最后，咖啡馆在时代变迁中渐渐衰落，两个女人，一个死去，一个进了老人院。但在电影末尾，响起了一段旁白："咖啡馆似乎是市镇的心脏。真不敢相信，一个小小的地方，可以维系这么多人。"

　　对于安倍夜郎漫画世界里的人来说，那间深夜食堂，大概就是他们小世界的心脏吧。食堂开在小巷深处，零点前后开始营业，早上七点左右打烊，老板的经营方针很简单："想吃什么就点，只要是当天有食材而我又会做的，我就做给你吃。"老板是个中年男人，脸上有刀疤，似乎有点故事，但他从来不说，只在别人的故事触动他的时候，透露一星半点。例如，当那个有克夫嫌疑的女牙医又一次面对丈夫的死亡时，老板淡淡地说："我和你一样。"

在咱们看来，那些食物着实简单。热米饭加上点浇头，酱油、咖喱、酱汁、海苔、煎蛋、鱼干、猪排，就可以吃下去好几碗，菜品也不过是爆炒红香肠、腌黄瓜、洋葱圈、炸牡蛎。烹制的过程并不复杂，味道也偏淡，调味品里，酱油和辣酱油出现次数最多。也奢侈过一次，某个平安夜，经常在食堂出没的黑道老大送来一箱螃蟹，请所有在场的人一起吃，老板把螃蟹炸了，分给大家，大家吃得很安静，过了一个名符其实的平安夜。

滋味就在那种简单里。深夜食堂的饭食，强调食材本身的味道，讲究制作过程的恬淡。拍成电视剧后，这一点被放大了。小林薰主演的老板，一边制作，一边讲解如何让酱油入味，让米饭的热气化开浇头，旁边的客人诉说心得："我最喜欢吃荷包蛋的蛋黄紧挨着蛋白的那一面了……其次是蛋白边上煎得脆脆的那部分。"老板的饮食之道，和《舌尖上的中国》异曲同工，米面素净的香，炮制过程的缓慢，咀嚼品味时的专注，缺一不可。

当然，食物的滋味只是引子，重点是附着在食物上的人生况味。"深夜"二字，已经说明了这间食堂的不寻常，有故事的老板，更是在不动声色间，引导了这间食堂的气氛、品位、走向。出没在这里的客人，有小职员、老侍者、穷学生，也有妓女、妈妈桑、脱衣舞娘、AV 男优女优、女明星、黑道大哥、浪荡子。他们在深夜时分，汇聚在饭桌旁边，既呈现自己的人生故事，也相互作用，发展出新的故事。

食物是共同话题，也是识别和归类的手段。喜欢茶泡饭的，一直喜欢下去；喜欢把一次性筷子能否掰得平整当做运气指示的，一直掰下去；在冬夜里寻找温暖男孩的，一直不停寻找。每个人都有点小小的特性，支撑着他们完成二十页的故事。深夜食堂不是食堂，是他们世界的小心脏，老板不只是人，也是他们的情感共同体，照耀着他们的，是食堂外的天空上，那个简单的月牙。

故事简单，画风简单，况味也简单。然而，简单有时候比复杂要难，如果那种简单为的是唤醒更深厚的体验，更复杂的况味，并让这些体验自行补充上去。就像一个暖水袋，太热了不行，那就把人养懒了，让自己的供热机能沉睡过去，太冷了不行，会吸附太多的热量，而且没有回报。要处于冷和暖之间，让人觉察出自己对温度的需要，用自己的体温把它捂热。《深夜食堂》就是这种冷暖之间的暖水瓶。

更能捂热人的，是故事里的那种设定，一个十几平方米的小乌托邦，把人凝聚在一起，让他们流沙一样的生涯不至于无所凭依。就像我家这边用来固沙的草网格，埋在沙丘上，限制了沙丘的移动，让沙丘不至于成为毁灭性的力量。我们的社会生活里，曾经有过这种草网格——社区、工厂、文化馆、学校里的文学社、农村的农技站。而这十几年来的最大损失，就

231

是这种草网格的衰微，社区衰败，良性互动已经丧失殆尽，我们身陷流沙世界，"独自打保龄"的情况，比别处更加严重。

但那种需求一直存在，就像最近，我被人们突然爆发的看电影热情给惊骇了。不论是否节假日，电影院里总是人满为患，看一场两个小时的电影，先要候场两小时。满世界都有娱乐项目，就连电视的影像效果也足以取代电影了，为什么还要来看电影？大概因为电影院那无法替代的仪式感吧，孤独的娱乐越多，人们越无法抵挡和别人一起共同面对一个大屏幕，一起发笑和流泪的诱惑。

因此，我还怀着一点点纤细的期望。我常常在我住的小城市和十五公里外的大学城之间来往。荒野之中，有许多商店，其中一个车站，就叫大商店。商店贩卖乡村生活所需的一切，从一根针、一个暖水瓶到螺丝钉、化肥，晚间，村民就聚在那里聊天喝酒。我常常幻想，那些商店实现了心脏的责任，在未来某天，更大的破坏要来的时候，能成为小小的草网格。

同时代的好

微博世界里，正在为女明星的言论起争议，正面的评价很多，负面的也不少，大意是，她不配，她是装的，她怎能说这些话，轮也不会轮到她。但再过五十年，人们又是另一张面孔了，恐怕都得一边倒地为她叫好，就像此刻的我们为五十年、七十年、一百年前的人叫好一样，全然不顾，在他们的时代，他们一样浑身瑕疵，处在争议的中心，是小报上口水倾倒的对象。

见，容易，见好也容易，见得同时代的好却极难。

一面是因为懒惰，只盯着完工的神话，另一面，是因为鉴赏力欠缺，不懂得鉴赏那些尚没定论的人和事，而热爱、膜拜，却一定要有个去处，那就投向以前的时代、以前的人，那些只留下语焉不详的事迹、只有精神形象的人。有了这样的坐吃山空，越发轻视自力更生，有了这样纯粹的曾经沧海，越发鄙视同时代的泥沙俱下。

柏邦妮爱慕以前的时代，却也懂得同时代的好："我庆幸这个时代，有他这样的人与我们'进行时'，与我们共经这一遭人世。有时看去人的书，我常常在想：若是谁谁谁还活着，眼见得如今这个世界，他会怎么看，怎么说，怎么写？"一段话里，她穿越古今，既站在今天看过去，也站在今天看今天，既站在未来看当下，也站在未来看未来。

她的新书《见好》，见的是同时代的好。陈丹青、陈国富、葛优、赵薇、范冰冰、汤唯、姚晨、李宇春、齐豫、舒淇的好。时代成就了他们，时代也让他们蒙尘，他们是近距离的钻石，正在仰慕半径的死角里，是带着石壳子的玉石，赞和弹都像是赌和押。符号和误解堆积在他们身上，让他们的面目混沌一片。所以，流行文化领地的被膜拜者，总得设法不在场，或者装出不在场，这是神秘化的要义。她却热情地拂拭，还他们以本来面目——仅仅是本来面目，就足够。

陈丹青的神采奕奕——"他妈的"；陈国富的深邃——"电影比我大"；黄晓明的细腻——"给每个亲人送礼物。我一定想得很仔细很周全：这块手表和那条领带能配上吗？上次送的是什么，这次最好是什么"；范冰冰的老辣——"拍《十月围城》，剧组和当地的地头蛇起了冲突，范冰冰亲自去谈判"；高金素梅的通达——"那些和她在传闻里纠缠的男子，无不是身居险要，有家有子。不知道虚实真假，只知道，她在千夫所指的时候，会出来说，不要毁掉那些男人，不要毁掉他们的理想"。

身为明星采访者，她得到的许多采访机遇，都非常难得，更难得的是，她们或者他们，都不是一边化妆，一边抛出些事先演练好的字句，并时不时望向经纪人或者助理。他们给她的，都是报章上见不到的言论，是别的采访者挖掘不出的隐秘，一次说不完，说两次，电话打没电，换了电池再来。起初我以为，那是因为她本人是影人，有采访便利；她性格热情，有树洞潜质；她冰雪聪明又水晶心肝，足够和他们比肩而立。但后来我想，还是因为她能够见得他们的好，那种在同时代的语境下，被扭曲被忽略的好，他们才肯对她敞开心扉。

"见好"，是看得见好，也是"见面好"，相见欢的意思。

她见好，不只在文章里，也在待人上，在美食里，在漂亮衣服上，在旅行时的满地落花中，在一切与 Eat, Pray, Love 有关的地方。和她一起吃过饭，走出餐厅，楼下三层都是服装店，她的眼睛突然不聚焦了，终于她开口了："韩老师你先走吧，我去看看。"

去看吧，看好，见好。"见好"是面对世界时的"芝麻开门"，连接人生宽带时的用户名和密码。

唯有见好，世界才肯对我们敞开心扉。

西德尼·谢尔顿式热情

少年时候，生活贫瘠，现实中得不到的部分，就用想象来填补。我常常想象自己是西德尼·谢尔顿小说中的那种人，内心澎湃，聪明机智，从不肯轻易屈服，总有办法化解厄运和危机，并在最后远走天涯。我甚至学习像他书中的主人公那样行事，走夜路，帮别人出谋划策，探寻旷野上那些荒废了的工厂和军事区域，如果钥匙经过了他人之手，我就把它截成两截，把钥匙头塞进锁眼里，用剩下的半截钥匙来开门，这样的话，即便别人配了我的钥匙，也打不开我的房门。直到今天，那些容易让我醉心沉迷的事物，《C.S.I》和《越狱》、《嗜血法医》、《寻人密探组》或者罗伯特·勒德姆的波恩系列，它们的源头，可能还是西德尼·谢尔顿。

在《向匠人致敬》一文里，黄集伟先生认为，西德尼·谢尔顿在技术和专业态度上，和"欧文·肖、阿瑟·黑利乃至于斯蒂芬·金、阿加莎·克里斯蒂之类，是一拨的"，他们的技术和专业精神值得写作者效仿。但西德尼·谢尔顿比别的匠人稍微多一点儿东西：热情。和他相比，马里奥·普佐、阿瑟·黑利、约翰·格雷森姆都太过严谨深沉，斯蒂芬·金又太阴郁，丹·布朗又有点虚头巴脑。他们一定也是怀着热情去写作的，就像斯蒂芬·金所说的那样，"你一定要相信你所写的东西"。但西德尼·谢尔顿在怀着热情写作之外，还多一点儿东西：他书写的对象也是热情。

热情地活下去，热情地挣脱厄运，热情地期待明天来临。即便他的大部分小说都以悲剧收尾，但那种结尾分明是技术性的，是他追求"现实意义"的必然结果，这掩盖不了洋溢在他所有主人公身上的生气勃勃的气息。他的小说是悲剧，但他的主人公却从未失败，他们只需要在与命运、与大集团、与死气沉沉的生活的对抗中，显示出自己的优雅镇定、机智勇敢，就已经大获全胜。他们存在的形态就是他们的胜利，他们的热情就是他们的胜利。所以，即便是《镜子里的陌生人》中的女主人公，也是我们心目中的英雄人物。因为这种与生俱来的胜利，他的小说更接近传奇，是另一种"罗曼史"。如果说他的小说有现实意义，也并不是因为他写了财阀、政客、黑帮、监狱、好莱坞，那些对他的主人公而言，不过犹如国王、大臣、盗贼、巫婆、腐朽的山庄和修道院之于罗宾汉。他所谓的现实意义，全在于这种栩栩如生的生之热情，即便他所铺设的背景那样黑暗，可他笔下主人公的热情洋溢，总能使一切不那么压抑。这种独特的热情，曾经让我们在 20 世纪 80 年代轻易辨别出那些假冒西德尼·谢尔顿之作。

而"西德尼·谢尔顿"式热情的源头在哪里呢？可能是他青少年时代所经历的大萧条，可能是他那在大萧条时期养家糊口的母亲，也可能是他的亡妻和他现在的妻子。"她们是我小说中那些聪明、坚强、机敏女性的缩影——但这些从没有损害她们的女性天性。"她们是他的苔丝、朱丝蒂娜和朱丽叶特。

总要设法激发热情、幻想，以度过艰难时期，可能不是文学最宝贵的品质，甚至不是通俗小说（或者类型小说、"畅销书"）的必须品质，却是女性（或者人类）最为宝贵和美好的品质。也许我们在不久的将来，在另外的艰难世道里，需要用上这些品质，所以提前温习。

爱丽丝·门罗：用小说钻探出生活深渊

在爱丽丝·门罗的许多小说里，都提到过休伦湖。她笔下的人物，总是沿湖搬来搬去，休伦湖是她小说世界的圆心，是小说中人的共同话题。

为了这个在门罗小说中若隐若现的湖，特意去查了下资料。这个湖在北美洲五大湖中列第二，风景秀美，湖中颇多岛屿，湖岸有沙滩、礁石和森林，是度假胜地。门罗生活的安大略省，就在这个湖的东边和北边。她在安大略省的小镇出生长大，其间一度离开，去大学读书，在大城市生活，做驻校作家，20世纪七八十年代还曾四处游历，甚至来过中国，但最后还是和第二任丈夫一起，在休伦湖边的小镇定居。显然，休伦湖和经常出现在她小说里的小镇、饲养狐狸的父亲一样，都是她生活里真实的存在。

生活在秀丽或不那么秀丽的小镇上，都要接受两种目光。一种是"游客凝视"，那是一种来自外来者的、以假想开始以假想结束的目光。在他们看来，小镇生活悠闲平静，人际关系散淡，并用这种假想解释一切，如果小镇上发生了耸人听闻的事，会被视为对宁静生活的破坏。另一种却是小镇上那些聪颖者的自我审视，他们看到的，是这种平静生活里狰狞的一面，尤其是当外来者呈现了一种生活可能，而他们却只能固守现有的生活并被封印在外来者的想象里时，这种狰狞被加深了。

这也是门罗小说最易被人误解的地方。因为门罗的生活背景，人们常对她投以"游客凝视"，以为她书写的是小镇生活的丰美恬静，至多有点淡淡的悲哀，所以称她为"当代契诃夫"。但她写的，却是自我审视的目光钻探出的深渊。

她的一部分小说，比较接近人们对她的想象。例如她在 1968 年出版的第一本小说集《快乐影子之舞》。这本小说里的十五篇小说，从题材上看，更接近风俗志和青少年生活回忆，片段感强烈，又清淡天然。《沃克兄弟的放牛娃》里，小女孩跟着当推销员的父亲去开展业务，却遇上父亲的前情人；《亮丽家园》中，一群八婆试图赶走住在社区里的潦倒老妇，女主人公拒绝了她们的投票邀请；《办公室》里，女人租了间房子当做写作工作室，却被男房东骚扰；《杀马》里，小女孩放走了即将被杀掉的马，父亲却并没责怪她。略有怪异之感的是《快乐影子之舞》，镇上的老小姐，教授钢琴，时不时举办钢琴演奏会。有一天，她请了一群智障孩子来表演，这场演奏"是她生活的另一个世界发出的公告"。结果是，她打破了小镇女人们的小体面和安全感，将她彻底放逐出了女人们的圈子。

她此后的中短篇集《女孩和女人们的生活》、《好女人的爱情》、《恨，友谊，追求，爱情，婚姻》和《爱的进程》中，也有许多"休伦湖风俗志"式的小说，只是结构更完整，情节更饱满，文字更精致。她也越来越熟练，开始频繁使用一种电影式的结构方式，用一个女人（对，她绝大多数小说的主人公都是女人）几十年生活里的几个片段，将她的一生概括，例如《恨，友谊，追求，爱情，婚姻》里女管家的一生。她的小说风格，就在这些小说里慢慢成形。

一个隐蔽的也是永恒的主题，在这些小说里反复出现：被小镇拴住的人们内心的崩坏。他们总是因为贫穷、被家人拖累、缺乏能力和勇气，或者热爱小镇等原因，停留在小地方，内心深处却满怀渴望，以为生活会被某个机遇激活。这个机遇或者没有来，或者以一种邪恶的面貌出现了。她起先是借着外来者的目光打量小镇，给出他们想要的，后来却用更多内视，只给出自己想给的。

《爱的进程》中的母亲，陷在单调的生活里："你们的妈妈只有天花板上的污渍可以看。"她女儿也觉察了这点："对于母亲的闲聊和故事，我一直有一种感觉，它们后头有什么东西膨胀着，就像一个你没法看透、找不到尽头的云团。有一团乌云，或者一剂毒药，侵入了母亲的生活……当我让母亲难过的时候，我也成了它的一部分。"偏偏有群嬉皮，租了他们的房子，成立了一个公社，过着放荡不羁的生活。她女儿知道他们其实无意嘲弄她父母的生活，"但她依旧希望他们失败"。被生活败坏的母亲，终于做出了崩坏之举，她烧掉了父亲留下的一大笔钱。这件事成了一个接力棒，交给了她女儿，她女儿认为，自己生活的崩塌，就是从这件事开始的。

所以，作家淡豹在评论门罗小说时这么说："门罗写的是 life，汉语中，life 是生活也是生命，这两个词的含义如此不同——活是过日子，命是动力，两种都是伦理，我觉得门罗写的就是二者骤然打通、生活变成生命的那些悲剧、惊异、冲突与启示的时刻，此前生活中多的是权宜盖住的洞，人使劲儿，凑合，忍，然后发生了一些什么，人得动起来了，然后又发生了一些什么，我们离遥远近了一些。"

这个主题，在她的另一部分小说里，发展到了极致。正是这些小说，让她的小说被视为"哥特风"，超出了许多人一厢情愿的小镇桃源假想。

这类小说，不再满足于描摹朦胧的阴影、生活里的小龃龉，而是直接呈现它近乎恐怖的后果。例如《发作》。主人公是夫妻俩，生活在小镇上，丈夫有过雄心，最终因为要照顾家人重返小镇，妻子有过婚史，最终因为前夫开车奔赴北极而宣告结束。某天，妻子去给邻居老两口送鸡蛋，却发现两位老人被枪轰死，她镇定地报案，镇定地回家做饭。夫妻俩讨论后认为，老两口有过一次激烈的发作，并因此联想到自己生活中的许多次发作。但在最后，丈夫发现，警察告诉他的现场细节和妻子所说的有异。他在雪夜出去散步，进了一个树林，看到那里堆积着废弃的汽车，像一堆怪兽。生活里潜藏的恶意，骇人的激情，还有不为人知的过去，就这样突然出现了。

她晚期的两本小说集《逃离》和《幸福过了头》中，还有更可怕的故事，例如《法术》和《深洞》。《深洞》先用一个郊游的场景，揭示了一个中产家庭的矛盾：一家人在郊游的地方看见了一个岩洞，有危险警示，但他们九岁的儿子，却毫不意外地掉进了这个洞。被父亲救起的儿子，在许多年时间里称父亲为"资产阶级的绅士"、"家庭英雄"，并讥讽地说："要对救了我一命的人表示感谢"，父子之间的相互憎恨和厌烦，就那样陈列出来。多年后，儿子长大，与家人断了联系。母亲找到了儿子，发现他加入了一个古怪的修行者团体，群居、禁欲、乞讨，住在危楼里，瘦得像个艾滋病患者。她绝望地认识到，自己根本没有可能把他救出这个更大的深洞。

《法术》的故事类似，乡下有异能的年轻女人，跟着一个科研工作者逃离小镇，陷入一种可怕的生活。她的女友在多年后才探知她的下落，并构想出她生活里的骇人场景。

门罗小说中的主人公表示，不喜欢伯格曼的电影，觉得他"阴森森、神经兮兮"，但那正是她小说主人公的状况。他们是舍伍德·安德森《小城畸人》里写的那种"畸人"（提出"畸人"这个概念，真是舍伍德·安德森对现代人最大的贡献）："起初，世界年轻的时候，有许许多多的思想，但没有真理这东西。人自己创造真理，而每一个真理都是许多模糊思想的混合物。全世界到处是真理，而真理通通是美丽的。一个人一旦以为自己掌握一个真理——称之为他的真理，并且努力依此真理过他的生活时，他便变成畸人，他拥抱的真理便变成虚妄。"他们怀抱真理，偏执、执拗、从不反省，不肯接受更广阔世界的洗礼，最终把这真理捂馊了，生活在崩坏的经验里，最终成了罪案的主角，或者命运轮下的祭品。

门罗的小说，也就伟大在这里：她先是发掘了生活中的骇人之处，却又用一种生活化的方式去描绘它；她钻探出了生活里的深渊，却又在上面覆盖了一层薄薄的"厨房油毡"；她只写主妇们面色如常的时刻，却用各种线索暗示壁橱里的骷髅和后院的尸身；她只写饭桌上的谈话，信件里的絮叨，却能让读者拼凑出当事人的离奇惨遇。而且，她始终不为小说潮流、时代更替所动，就在她开拓出的这个领地，反复打磨，不停挖掘，最终创造了一个精微细致、阴郁和明丽兼有的小说世界。

图书在版编目（CIP）数据

窃美记／韩松落著. —北京：新星出版社，2014.9

ISBN 978-7-5133-1567-8

Ⅰ.①窃… Ⅱ.①韩… Ⅲ.①随笔－作品集－中国－当代 Ⅳ.①I267.1

中国版本图书馆CIP数据核字（2014）第148262号

窃美记

韩松落 著

策　　划：陈　卓
责任编辑：鲍　静
责任印制：韦　舰
装帧设计：@broussaille私制

出版发行 新星出版社
出 版 人：谢　刚
社　　址：北京市西城区车公庄大街丙3号楼　　　100044
网　　址：www.newstarpress.com
电　　话：010-88310888
传　　真：010-65270449
法律顾问：北京市大成律师事务所

读者服务：010-88310811　　service@newstarpress.com
邮购地址：北京市西城区车公庄大街丙3号楼　　　100044

印　　刷：三河兴达印务有限公司
开　　本：800mm×1230mm　　1/32
印　　张：8
字　　数：113千字
版　　次：2014年9月第一版　2014年9月第一次印刷
书　　号：ISBN 978-7-5133-1567-8
定　　价：36.00元